七日一徽说

QI RI YI HUI SHUO
ZHUOBI DIAN HUIZHOU

捉笔点徽州

陈发祥——著

APTIME
时代出版传媒股份有限公司
安徽文艺出版社

图书在版编目（ＣＩＰ）数据

拙笔点徽州/陈发祥著.—合肥：安徽文艺出版社,2024.5
（七日一徽说）
ISBN 978-7-5396-8087-3

Ⅰ．①拙… Ⅱ．①陈… Ⅲ．①散文集－中国－当代
Ⅳ．①I267

中国国家版本馆 CIP 数据核字(2024)第 080506 号

出 版 人：姚　巍
责任编辑：宋晓津　卫冬冬　　　装帧设计：熙宇文化　徐　睿
....
出版发行：安徽文艺出版社　www.awpub.com
地　　址：合肥市翡翠路 1118 号　邮政编码：230071
营 销 部：(0551)63533889
印　　制：安徽联众印刷有限公司　(0551)65661327
....
开本：710×1010　1/16　印张：16.25　字数：240 千字
版次：2024 年 5 月第 1 版
印次：2024 年 5 月第 1 次印刷
定价：86.00 元
....

序

一

祁门县城东北 40 里外的大坦乡燕窝里村，是黟县、祁门、石台、太平（今黄山区）四县区交界处。村北大洪岭上，苍山茫茫、云水汤汤。大洪岭头，一湾泉水，悠悠地穿过古茶园，不久跌宕而下，聚集成潭，此为阊江之源。徽州之茶出阊江至饶州乐安河，与景德镇瓷器汇成"雪白青翠之色、流光兰香之韵"，共绘"浮梁歙州，万国来求"的盛景。以之为起点，商人们逆赣江南下，过南昌、吉安、赣州至南岭脚下，弃船登岸，翻过 30 里梅关古道，越大庾岭，然后再舟行直达珠江口。江海之间，瓷、茶自"十三行"而行销全球，此为新安商人"漂南洋"的百年商程。这是发祥兄在"七日一徽说"里为我们描绘的徽人行商图。我的阅读体会是，在这里，作者不仅向我们展示了徽州自然之美、物产之丰、商贾之盛，更是以具象的方式，在景物描摹之间，把徽州放入了更加宏阔的时空图景，说明国运兴隆则徽州繁盛，国运蹇促则徽州衰败。这让人无法不生发幽思、扼腕叹息。

确实，发祥兄"七日一徽说"系列散文，总让人有一种若隐若现、抹之不去的阅读体验，就是徽州与国家、民族命运的共通性。但这并不是通常意义上的局部与整体、当下与历史这种抽象关系，而是通过对一座一座古老村落、一程一程明秀山水、一件一件历史掌故的展开，让徽州的存在不仅具有了生动的时间性，也具备了丰富的历史性。以徽州为样板的考察显示，中国古代南方，尤其是长江以南所谓蛮荒地区的大规模开发，固然有政治崩坏、民族扰攘等具体事件的牵动，如发祥兄文中反复提到的永嘉之乱等战乱，但从更大的历史尺度看，这更是中华文明的中轴随着历史的演进逐步向南迁移的过程与表现。当北方先发地区因过度开发、环境恶化而无法承载人口压力时，以徽州为代表的南方地区的开发，不仅使当期文明得以赓续，还为后续文明的发展打开了巨大空间。

在读完"七日一徽说"系列的第一部《不敢写徽州》后，我曾与发祥兄有过深入交流，赞叹其用散文的方式进行文化叙事的精妙。在拜读完第二部《拙笔点徽州》后，这种体会更深。《不敢写徽州》对徽州进行整体时空定位。《拙笔点徽州》凡举徽州古桥、徽州古道、新安画派以及徽州工艺、民俗、教育、语言等，以散点、具体、生动的方式，让我们得以更加具身化地体验、了解徽州文化作为中国农耕文明区域标本和样板的独特之处。比如宗族，以祖先祭祀为核心的宗族文化，在中国传统社会中承担着宗教信仰的功能。在徽州，"千年之冢，不动一抔；千丁之族，未尝散处；千载之谱系，丝毫不紊"，徽州人通过"敬祖""收族""明谱系"等方式，持续维系并深刻塑造其社会结构、文化样态和精神风貌。又如对商业的包容与重视，在徽州，经商致富与耕读传家、诗书继世并行不悖，这在中国传统文化中相当独特，体现了农耕文明在特殊社会结构中的变化性，也可以说徽州在中国传统农耕文明的丰富与扩展方面做出了贡献。

发祥兄的徽州叙事是体验化的、沉浸式的。一般情况下，我们对历史的观察、审视都会基于当下视域，难免暗含当代思维的倒映理解，即以此时之当代性倒置彼时之当代性，造成历史脉络的模糊和历史场景的扭曲。但是，发祥兄用他独特的方式使自己和读者成功地避开了这个坑。30多年来，他几乎走遍了徽州的每一个古村落，阅读了卷帙浩繁的文献著作，甚至徒步近3000公里反复行走在徽州古道上。我们跟随他的笔触，当然更是跟随他的脚步，眼里所见的是竹林掩映里的粉墙黛瓦，耳中所闻的是青石板桥下的潺潺溪声……因为身临其境，因为亦步亦趋，所以经历的不仅仅是空间上的重合，也有时间上的共在。特别的是，发祥兄选择以散文的方式，用诗化的而非抽象的语言，去呈现他的所见、所思、所感，带着读者去走进（非走近）、去融入那些流淌的时间、变换的场景，去体验、去感受那里的山水人文、世间百态，不仅没有失去表达对象自身连贯的历史性，而且使当下的心境、语言变成了生动再现的场景。

以发祥兄的学养境界，完全有能力做更精深的理论构建，我也曾就这个话题与他进行过深入交流。但至少到目前，我还是更喜欢他的这种"散装"的表达。一篇短文，且叙且议，娓娓道来，似一杯酒，像一壶茶，让人久久回味，欲罢不能。

孟凡征

2023 年 11 月 5 日

序

二

吾本求真

30多年来，我常常游历于徽州，好友皆用调侃的口气评价道："不是在徽州，就是在去徽州的路上。"我也一直追问自己，为什么如此沉迷于徽州？

我出生于安徽全椒一个偏僻的乡村，在田野中长大。儿时，我便谙熟于一年四季花草生发，沉醉于日出日落、月圆月缺，悲欢于初春深秋、盛夏寂冬。前两日，有人问我：至今为止，人生最大的乐趣是什么？我的至乐发生在高二那年的初春。那是个周末清晨，我从县一中回到乡下，到野外读书。春日融融、小草嫩嫩，我读了一个小时，便在油菜花地中入眠了。中午时光，母亲站在柴火堆上呼喊我吃饭，声音与鸟鸣一起飘入耳中，似有似无。暖阳照得我浑身痒痒的，一只不知名的虫子爬到了发间。我站了起来，刺眼的光芒中，双眼只敢半睁半闭；浑身上下则沾满了点点滴滴的油菜花粉，像是苏州盛泽镇最好的绣娘绣上的一般。覆盖着毛茸茸青草的田埂，曲曲折折，一直延伸到村头的大槐树下。半梦半醒的我，深一脚浅一脚，歪歪斜斜地走向远处院落，身后还跟着一大群刚刚从河中上岸的鸭子。它们叽叽嘎嘎，乱作一团，不久只留下一地湿痕。

田野给了我率真、散淡且坦然的个性，我以此对人、对事，甚至在后来将其当成一种价值观与处世哲学，带入求学、工作中，乃至文学创作里。直到30多年前，一次偶然的机会，我第一次来到徽州。

徽州的山水是真真切切的，几乎没有一点修饰的痕迹，倘若有涂抹，那便是一年四季、一日晨昏皆难以捉摸的薄薄的云雾。徽州的山水是可以亲近的，你可以徒步深山中的古道，可以蹚过岩边的小溪，还可以登上峰顶而高呼。处于徽山徽水中，我的身心彻底放松。山色悦目，水清润喉，以至于令我忘记了自己的归处，只愿停驻在那山那水中。

徽州的人是本本真真的。30多年来，我接触过形形色色的徽人。他们无论是贩夫走卒，还是学者官员，抑或是乡野农夫，都有着一样本真的个性、一样恬淡的心境、一样温和的微笑，即使有时候有点较真、执拗和迂腐，但也从来不去刻意地掩饰。我与他们相处，最初会有点穿越的感觉，且常常相形见绌，但时间长了也渐渐地"徽化"，成为他们中的一员，甚至能听懂从山越时代流传而来的徽州话。

徽州绩溪人胡适说"历史是个任人打扮的小姑娘"，我倒觉得历史更像一辆开足马力的推土机，荡平了很多物质遗存。然而，徽州的历史却是原原本本、确确凿凿的，它珍藏在浩如烟海的文献内，展示在黛瓦起伏的村落中，传续在平平淡淡的生活里。如果你想寻觅流逝的日子，那只有走进徽州，耐心地去体味、细心地去感受一砖一瓦、一桥一石。从此角度看，徽州更像是一个还原中国历史本真的故地。30多年来，我多次长时间地生活在徽州的各个古村落，希冀通过感受不同时令、不同节气、不同场景下的徽州生活，使自己的认知与情感得到升华。

2023年5月，"七日一徽说"系列第一部《不敢写徽州》成功出版发行，这使我充满了前行的动力与信心。《拙笔点徽州》是该系列的第二部。写《拙笔点徽州》，我无意去修饰什么，只希望以一个徽文化爱好者的身份，用最为平实的文字，真真切切地记录原生态的徽州。与《不敢写徽州》重点描述徽州起源、徽州地理、徽州古村落、徽派建筑、徽州三雕、徽菜、徽茶不同，《拙笔点徽州》主要着墨于徽州古道、徽州古桥、新安画派、徽州工艺、徽州民俗、徽州教育、徽州方言、徽州名人。未来的第三部，我将专门用来介绍徽州经济的奠基者徽商，希冀用他们的精神与智慧启迪当代商界人士。

此时，我终于找到了自己沉迷于徽州的真正原因，即徽州山水人文的"真"。真乃自然、真为本色、真是初心，真也是目的，真更是美。徽州，既有大开大合的山水之美，也有精巧雅致的烟村之美。走入徽州，内心深处美的情感、美的意愿、美的向往便会被激发，乃至锻造出美的品格，形成美的风尚，甚至灵魂也得到了美的洗涤，陶醉于无我自在的美的意境中，如此，便是观止之美也。

真与美，对于当代的国人来说，更多的是一种心灵寄托，一种与生俱来的精神追求。它根植于每一个人的内心世界，如影相随，不离不弃。

作　者

2023 年 12 月

目 录

第一章

高山流水闻和鸣
001

003 | "九龙出海"岭上关（上）

006 | "九龙出海"岭上关（下）

009 | 高山流水闻和鸣

012 | 卧波彩虹水中月

015 | 日日河桥负我行

019 | 廊桥遗梦漏光影

022 | 几夜屯溪桥下梦

025 | 桥头水北是我家

第二章

新安画派四百年
029

031 | 扬州八怪有其二

034 | 敢言天地是吾师

038 | 新安画派四百年

041 | 黑白丹青黄宾虹（上）

044 | 黑白丹青黄宾虹（中）

047 | 黑白丹青黄宾虹（下）

050 | 三百年无此作手

第三章

万古存真徽墨香

053

055 | 能工巧匠成十艺

058 | 金声玉德歙州砚

061 | 万古存真徽墨香

064 | 澄心堂纸出新安

067 | 横匾竖额正中眼

070 | 把酒徽山话楹联

073 | 游龙梅桩卖花村

077 | 万千技艺汇一苑

080 | 土眉老店卖罗盘

第四章

吐故纳新徽千年

083

085 | 江南方氏出徽州

088 | 姑苏饮马邾子国

091 | 太湖入徽第一家

094 | 两江奔流论伯仲

097 | 荥阳三山国鼎潘

101 | 慈孝里坊棠樾鲍

104 | 吐故纳新徽千年

107 | 瞻淇瞻淇绿猗猗

第五章

无求不应五猖神

111

113 | 人尚古衣冠

116 | 保境安民依乡约

119 | 三书六礼论婚嫁

122 ｜ 无求不应五猖神

125 ｜ 五股尖下板凳龙

129 ｜ 风云际会八仙桌

133 ｜ 三朝回门归宁宴

137 ｜ 万人空巷上梁时

141 ｜ 行到溪山愁绝处

144 ｜ 石上人家塝中田

第六章
家仇国恨著春秋
147

149 ｜ 家仇国恨著春秋

153 ｜ 十户之村尚诵读

156 ｜ 为有源头活水来

159 ｜ "横绝一世"戴东原

162 ｜ 不绝书香举子业

165 ｜ 天佑詹裔浙岭下

168 ｜ 读书六法出朱熹

172 ｜ 天赐佳儿满月喜

第七章
竹枝泛咏新安风
175

177 ｜ 来家做个状元郎

181 ｜ 六邑之语不相通

184 ｜ 一路吴越一路徽

187 ｜ 竹枝泛咏新安风

190 | 阿郎新向广州来

194 | 春风一棹浙江水

198 | 到老不知城市路

202 | 乌麦收时霜满天

207 | 缤纷四季入梦来

第八章

父子宰相山中天
211

213 | 不拘一格降人才

216 | 《太函集》并《金瓶梅》

220 | 俞龙戚虎胡宗宪

224 | 鹤鸣九皋声天下

227 | 九字方略定大明

230 | 父子宰相山中天

234 | "西江四戴"戴复戴

237 | 《资本论》中徽州人

240 | 金声天一丛山关

243 | 千年程氏遗泽长

后 记
246

第一章 高山流水闻和鸣

七日一徽说 / 拙笔点徽州

"九龙出海"岭上关（上）

　　古徽州之四界，北扼黄山山脉，东据大鄣山，西交浙岭，南及西南有新安江穿境而过。这样的山水四合，使得古徽州成为一个相对独立的地理单元，与世隔离。而徽州境内溪水密布、群山茫茫，难以通行。南宋《新安志》载："自睦州青溪县界至歙州，路皆鸟道萦纡，两旁峭壁，仅通单车。"

　　徽州虽然山水大好，却不利于农耕文明的发育。徽州人要生存下去，必须挣脱千山的阻挡、撕破万水的阻隔。于是，自三国始，徽人以山中的青石、竹木为材料，持续千年之久，凿空徽州的山山水水，营造出一条条古道。这些古道多顺山势、沿溪水而建，五里一亭、十里一庙，犹如藤蔓一般在徽州的府县镇村蔓延。

　　三国时，吴国大将贺齐出守新都，凿连岭，以通江浙。隋末，汪华起兵保州，凿箬岭，以通太平。唐代，官邮发达，邮路、驿路、官道纵横徽州境内。明成化、弘治年间，徽商兴起，绵延300余年至清代末期。发迹的徽商回报乡梓的方式之一，便是架桥梁、修道路。于是，依托于

箬岭关

徽商雄厚的财力，三四百年来，徽州人以府城所在地歙县为起点，凿出多条通往境外的古道，有"九龙出海"之说，即出西门的徽浮（梁）、徽安（庆）、徽池（州）、徽开（化）、徽婺（源）古官道，出北门的徽泾（县）、徽宁（国）、徽青（阳）古官道，出南门的徽昌（化）古官道。明清时期，徽商鼎盛，商运发达，出境陆路有东至苏杭，西抵四川，南到闽广，北达安庆、南京的商运线路。

九条古道蜿蜒若游龙，徽州大山绵延似沧海，古道时隐时现于古松、翠竹、碧溪之间。

箬岭，旌歙、西箬岭、东箬岭、隋唐四条古道于此交叉。清道光《徽州府志》载："唐汪华凿为二道，一通旌德，一通太平，亘六十里，皆险窄。"明代天启年间，设箬岭巡检司，以征税费。清顺治四年（1647），于岭头建关，关门刻"天险重开"四字。箬岭关前，秋来微凉，几十亩黄山贡菊正在绽放，有阵阵菊香飘进岭头的汪国公祠中。祠前，几株苍翠的青松拔地而起，树下安放着几条青石凳子。这里是徽州古道的源头之一，也是徽州本土神灵汪国公丰功伟绩的见证。

昱岭关上，俗称"杭徽大道"的徽昌古道在此联结浙江与安徽。东南望昌化，一片烟霭；西北瞰徽州，无数惆怅。游子们背井离乡，依依不舍，多少次眼含泪光回望故乡，随后毅然踏入无尽的古道，直奔京杭大运河的起点而去，从此，或穷困他乡，或荣归故里。

牯牛降中，七彩玉谷内，徽池古道穿梭而过，青石板上已经长满苔藓。牯牛降笼罩在一片云雾之中，静静等待游人的到来。道路两旁，斜放着一块块青石板，铭刻着累死在古道上的商人姓名；榉根关上，巨大青石垒成的关隘，历几百年的风雨洗礼，黑如玄铁，静默无声。清末，太平军与湘军在此鏖战的硝烟依然没有散去，

徽州古道

多少湖南、两广汉子的遗体掩埋在古道旁的丛林中，难以回归故乡。

"九龙出海"岭上关（下）

　　徽安古道进入祁门县大坦乡燕窝里村，便直直地插入大洪岭。这里是昌江的源头，为"世界三大高香红茶"之一的祁门红茶的原产地。"七上八下"的大洪岭，春来杜鹃簇拥古道，夏至翠竹迎风摇曳，秋临水杉叶落满地，冬降山川银装素裹。史料记载，大洪岭段古道为明万历年间祁门孀妇郑氏捐银修辟。后年久失修，洪水冲刷，山崩道塞，石磴剥蚀。清道光年间重修，凿山平路，加铺青石。岭头立有石碑两块，一刻修路经过，一刻养护规定。

　　犁岭关，徽泾古道的制高点，设于宋代。明嘉靖十三年（1534），宁国府通判李默倡修，成为通衢。清康熙五十七年（1718），洪水冲毁石壁山道。清嘉庆十年（1805），朱旺村朱文焕后裔重修，费银5100两。这条古道自唐宋至清代为官员来往徽州、宣州的官道之一。宋嘉祐三年（1058），王安石由江西经徽州赴宁国府经此道，赋有"夜过犁岭月明中"的诗句。1917年12月的某一日，犁岭关上传来了吱吱呀呀的抬轿声。轿子从旌德的江村而来，上面端坐着哥伦比亚大学哲学博士胡适的未婚妻江冬秀，从此，古道上也留下了一段奇缘。

徽饶古道右龙岭入口

　　右龙岭头，徽饶古道自此入饶州。10公里外，江西浮梁境内，瓷器最早的发源地之一瑶里古镇静静地躺在瑶河的臂弯中，不远处就是著名的高岭土矿坑。徽饶古道穿过右龙村几千亩有机茶园，在碧绿的茶叶园中，留下青黑的石影。岭头之上，是新安江的正源，孕育出率水的六股尖。六股尖中，巨树蔽日，溪水潺潺；右龙村头，茶香轻飘，小桥曲折。你若走古道累了，坐在村头的红豆杉下，抿一口绿茶，听犹如林中鸟鸣的徽州话，细细地嚼着徽州的石头馃，满口生香，不知归也。

　　白际，华东地区最后一个通电、通公路、有移动信号的地方，是徽开古道的最重要节点。元末，听闻朱元璋由浙江从此入徽州，村民们坚守在此三日之久，但未曾接到圣驾，后来"白接一回"的逸事成了"白际"地名的由来。如今，这里是旅行者的天堂，深山中的秘境。早晨醒来，

古道中的徒步者

巴掌大的白际镇，处处是帐篷，遍地皆营地。各方人等，杭州的、武汉的、南京的、上海的、合肥的，乃至青岛的，汇集于此。徽开古道从白际起至浙江开化境内，沿途少青石，多覆有杂草。村落悬在半山腰，梯田中各色庄稼层层铺开。秋日来时，南瓜悠然长在路边；火红的美人蕉燃烧在屋后；枫杨金黄的树叶飘到你的发间；村中的黄狗会尾随你一路到山头，然后悻悻地折回。宋代，徽开古道的马金岭筑有关塞，以抗御金兵的入侵。

丛山关、"江南第一关"、汤岭关，古道岭头的关隘数不胜数，始终矗立在徽州四围的丛山中，任四季变换，不枯不荣。其实，中华大地处处有古道，尤其是山中，如大别山人出皖西重重山岭所蹴出的路，但这些土路早已被荒草淹没。而徽商富甲天下的财力及乐善好施的精神，支撑着徽州人世世代代不辍于古道修建。于是，这些青石板、古关隘、茶亭及寺庙组成的古道便沉淀下了历史，记载着故事，成了后人瞻仰的圣地。

高山流水闻和鸣

徽州古道，自吴国大将贺齐开凿，不断积累，现存 124 条之多。千年以来，古道上，车马人流，穿梭不息；山野中，鸟兽欢腾，如自然乐章。许多发生在古道上的旧事被后人记述下来，成了传奇逸事。

"大洪岭，如巨蟒，七上八下十五里，钻云破雾八十一道弯，南指景德镇，北望扬子江。"这是流传于祁门、石台、太平、黟县四县交界处的一首民谣。大洪岭古道由祁门县大坦乡湘源村郑姓寡妇一人捐资修建，于明万历年间凿通。此后，长江的渔获源源不断地输入徽州。因山高路远，旅途漫长，夏日里，挑在木桶中的江鲜鳜鱼常微微发臭，不想却因此而诞生出徽菜名品臭鳜鱼。晨起遥望大洪岭，主峰望江尖高耸入天，云雾翻腾、沟壑纵横。当地人说，因传闻清末太平天国在山中岩洞藏有大量奇珍异宝，故 100 多年来，常有寻宝人出没其中。

浙岭古道，南起婺源县浙源乡虹关村，北至休宁县板桥乡樟前村，一路十八折，游走于山中茶园。浙岭之上，清康熙年间所立的吴楚分源碑赫然矗立。10 米之外，一座巨大的石堆静穆无声，此为"方婆婆石冢"。方姓老妪乃五代时婺源人，心涵雨露，积德行善，四十年如

穿梭于茶园的古道

一日，为古道行人义务烧茶供水。樟前、虹关两村的村民也自愿为老人提供每日三餐。老人驾鹤西去后，被埋于古道边。此后，来往行人为感念老人的善行，皆于其土坟坟头恭敬地供奉一石，千百年来，土坟终成半亩见方的巨大石冢。野花从石缝间绽放，藤蔓在杂草中葳蕤。

徽杭古道自绩溪县伏岭镇祝三村起，穿过"江南第一关"，越过海拔1050米的蓝天凹，便至浙江省临安区马啸乡永来村，一路伴随着登源河，逶迤20多公里。绩溪有民谣曰："不慌不忙，三日到余杭。"南宋宝祐年间，徽杭古道始修，但一直是蜿蜒小道。明嘉靖年间，兵部尚书胡宗宪于浙闽等地抗击倭寇，偶有返乡省亲，常走昱岭关大道。但家中一黑狗通过小道独自穿山越岭，每每都是早早到达故土龙川，胡宗宪遂命人循狗迹而扩修为徽杭通衢。自此，三日之内，徽商便可携山货而至大运河起点。胡雪岩、胡适之（胡适）、汪静之等人都曾在古道上留下足迹。古道安徽出口的祝三村，每年农历十月十五，村民们便放下农活，自发地聚集在一起，义务整修穿村的2.5公里古道，此为"祝三路会"。

塔岭，位于婺源与休宁相交的塔岭古道之上。2016年深秋，溪水旁的捶衣石被徒步的我翻开，上面居然镌刻着民国二十三年（1934）九月，皖赣两省的行政长官共同署名的"赣皖界碑"，这印证了1934年7月婺源被划入江西上饶的旧史。古道不远处就是婺源溪头乡的龙尾山，那里深埋着冠绝中华的龙尾砚的籽料。苏轼有诗赞曰："皎皎

古道上的古关隘

穿云月，青青出水荷。"傍晚的霞光中，炊烟不见、人迹寥寥、深山空远，只留下孤寂长空。

10 年古道行，徒步近 3000 公里，我以脚步丈量了徽州几乎所有的古道。苦旅之中，无人可语，便直面大山，独对溪水，执着前行，希冀唤醒古道两旁的古村、古桥、古庙、古冢、古关隘、古驿站、古茶亭。不知不觉中，渐渐地听到跟随者的脚步敲响了古道上的青石板，犹如抑扬顿挫的琴音，高山流水中，与我和鸣。

卧波彩虹水中月

　　徽州的溪水，盘旋在新安大地，或细弱缠绵，或恢宏写意，或浩渺无垠，或幽幽一潭，有着千般万般的称法，且不说"江、河、湖、水、池"，单"圳、埧、沼、浦、泚、汀、堰、埠"之类，在让人难以辨识的同时，还会引起无尽的遐想。

　　古徽州"一府六县"的县城几乎皆处于水绕之中。府治所在的徽城镇，其南、北、西三面皆为河流。布射水、扬之水、富资水及丰乐河汇集而成的练江在这里被渔梁古坝拦截成一湾深泓，江水缓缓地越过燕尾锁青石的石梁，直奔新安江而去。休宁县海阳镇，夹溪河与横江相汇，使得此地三面环水，只留下北向的陆路，可至盛产好茶的松萝山。星江至婺源县城分成东、南、北三支，将古老的紫阳镇装扮得分外妖娆。羽溪河与扬之水穿绩溪县华阳镇而过；闾江呈Ｓ形，将祁门县祁山镇一分为二；唯有黟县碧阳镇，四维皆被吉阳水、漳水环抱。

　　徽州的古村落整体依"枕山、环水、面屏"而布局，故而，徽人一出家门，便面临着山水环绕。为摆脱河流的阻隔，在岸边宽阔之处，江水平缓之地，便出现了一个个古渡。徽州的古渡大多有一个雅称，诸如

紫阳渡、绣溪渡、瀛洲渡等。千年以来，寻常百姓、商人僧侣，乃至士绅官员，从古渡中来来往往，留下了许多传奇逸事。北宋元丰年间，苏辙被贬为绩溪县令。其兄苏东坡自儋州而来，经羊溪古渡而入华阳镇。苏辙率邑内文人雅士前去迎接，后世便将此渡称作"来苏渡"。清嘉庆《绩溪县志》记载："来苏渡在西关外二里，土名漳石头。初造舟济渡，后改为石梁。宋苏颍滨先生官于绩，东坡学士自海南来视其弟，士大夫迎于此，故名。"

古渡悠悠，桃花依依，翠竹青青，又常常与一江春水、摇橹老人、中华田园犬组成一幅和美的画卷。但夏日暴风骤雨，山洪涌来，河水猛涨，呈横扫千军万马之势，舟楫不可通行。于是，宋以后，徽州的地方官员、豪强大族、万贯商贾，乃至僧侣道众、寻常人家，皆节衣缩食，一掷万金，齐心聚力修建古桥。

徽人历来把修桥建路视作无量的功德，余荫可庇佑百世，故而乐此不疲。翻阅徽州的地方志，徽人架桥，一年不成，修十年，十年不成，修百年；所需资金，一人不足，举族募集，乃至四维乡党皆慷慨解囊。由于徽州夏日洪水肆虐，许多已建成的桥梁常常被冲毁，于是，徽人一

西溪南木桥

修再修，前赴后继，甚至代代接续，不成不止。现存徽州古桥的碑刻上，不乏五修、六修的记载，人物、时间清清楚楚，后人观之，历历在目，铭记于心。

徽州是中华大地古桥遗留最多的区域之一。据不完全统计，古徽州范围内现存古桥有1300多座，分别为歙县431座，婺源341座，祁门263座，绩溪119座，休宁101座，黟县61座。然而，这些数据并不能完全反映出历史本来的面貌，古代徽州乡间，即便是一个村落，也有诸多古桥。婺源桃溪，有"三十六桥半"之说；歙县西溪南，竟有古桥26座；绩溪冯村，村志上明确记载的古桥有13座。

夜行西溪南，丰溪之水环抱着整个村落，水圳从每户人家门前流过，水磨风车寂寞地转动着。月圆之夜，一片清朗，昏黄的灯光中，溪上的古桥一座接着一座，桥下的流水清澈见底。远远望去，拱桥的半圆与水中的倒影融为一体，犹如天空中的皓月一般，天上人间，亦真亦幻，唯恐风过水波泛起。远处的枫杨林中，传来归鸟的呢喃。

日日河桥负我行

　　徽州的桥，多为石桥。因地处群山之中，徽州盛产石材，有黟县青、茶园石、凤凰石、麻石等多种品类。其中，麻石因表面粗糙、质地松软、产量盛丰，且作为桥石，成本不高，被大量采用。

　　徽州的石桥，多见拱桥与板桥两类。石板桥一般跨度较小，散落于古村落的小溪上。徽州人家，坐北朝南、东西布局，缘溪而居、隔水而望，几块直直的石板跨过溪流，连通彼此。村民们端着饭碗，便可来回串门，仿佛一家人一般。在绩溪龙川，"江南第一祠"胡氏宗祠体量巨大，"奕世尚书"石牌坊气势恢宏。龙川溪上，几块石板连接而成的中桥，为双孔石板桥。立于中桥之上，蓝天之下，但见近处田园菜花盛开，群鸭在溪水中觅食；远处群山黛色环绕，登源河自村东蜿蜒而过，有渔人自河中轻舟撒出一网网清辉。至于夜晚，石板桥的栏杆上会挑出一盏盏红色的灯笼，柔和的灯光与月光融合为一体，洒在桥面，常有夜行人轻步慢过。

　　至于跨度较大的石桥，当首推拱桥。石拱桥多建于交通要道，水

鱼嘴形桥墩

流平缓之处，桥体结构牢固，桥身高大而跃出水面，与两岸的青山牢牢地锁合在一起，仿佛天然生出。石拱桥的多孔桥洞与桥墩连接在一起，桥洞与桥墩呈递减态势。为防止夏日洪水冲击，桥墩朝着来水方向伸出一米左右，呈鱼嘴形状。夏日暴雨后，自远处群山之巅而望，鱼嘴形桥墩将滚滚而来的河水一分为二，宛若破浪前行的船头。为安全起见，徽州的石拱桥朝水的两侧大多镶有直立的石板。时间长了，这些粗糙的石板会长出一片片青苔，如玄铁一般。夕阳照耀下，岁月仿佛在这一刻停止。

漫步徽州的石拱桥，于桥头处总会找到石碑，石碑上常记载着造桥、修桥的旧事，镌刻着历代修桥之人的功绩。除此之外，为保护桥体免遭人为破坏，石碑上还常常刻有官府发布的护桥告示。休宁县齐云山（白岳）下的登封桥，横亘于横江之上，其南北两头各竖着石牌坊一座。徽州知府颁布的禁令至今依然完好地保存在石碑上，禁令曰："严禁推车晒打，毋许煨曝污秽；栏石不许磨刀，桥脚禁止戳鱼。倘敢故违有犯，定行拿究不饶。"有些石拱桥，桥体太长，为满足行人休息的需要，旧时多会在桥体的中间修建一座飞檐的桥亭。桥如彩虹，亭似飞鸟，停歇于其中，浅尝一口徽州产的清茶，看江水滔滔、云卷云舒、行人如织，顿觉世间之事无非过眼云烟而已。

徽州府所在地歙县徽城镇，四水缠绕，聚合成练江。三座石拱桥依次横亘在水面上，分别是万年桥、太平桥及紫阳桥，合称"古歙三桥"。

万年桥

万年桥位于歙县北门的扬之、布射、富资三水汇合处，初建于明万历元年（1573），可通古城的斗山街与许国大学士牌坊。号称"江南第一石拱桥"的太平桥，为古徽州境内最长的一座古桥。此桥长约279米，宽6米有余，历来为休宁、祁门、黟县等地入府城的必经之路。太平桥桥体为16孔、15墩，于明弘治年间建为石桥后多次重建，最后一次重建为清道光二十三年（1843），共耗时7年，费银10万余两。练江之水，穿太平桥，过渔梁古坝，便至下游的紫阳桥。紫阳桥在"古歙三桥"中桥身最高，气势最为恢宏。自桥下的河滩怪石上而望，14米高的紫阳桥与披云山上建于1119年的长庆寺塔交错排列于练江之畔。南岸太平兴国寺阵阵的诵经声，与渔梁古街市井的嘈杂声交相呼应，真真切切。

西去徽城镇百里，祁门县祁山镇，阊江穿城而过，平政、仁济二桥与新月倒映在水中，文峰塔顶风铃阵阵。阊江之畔，落英缤纷的小道，隐约走来弃官返乡的张志和，他正与身后跟随着的"渔童"与"樵青"一起吟唱着"西塞山前白鹭飞"。

廊桥遗梦漏光影

徽州的桥，最具人文气息的当是廊桥。廊桥上建有的联屋走廊将裸露的桥体包裹起来，以供来往行人遮风避雨、打尖停歇之用，故而，廊桥又被称作"风雨桥"。古徽州的"一府六县"，现存有廊桥10座左右。它们零星地散落在乡下，其中较为出名的有婺源清华镇的彩虹桥、甲路的花桥，歙县唐模与许村的高阳桥、北岸的廊桥、绍村的长生桥，休宁蓝田的拱北桥，以及祁门闪里镇的桃源桥。

廊桥大多横卧在徽州古村落旁的溪水之上，两端入口处上方皆悬挂匾额，上刻名家的墨宝，或为桥名，或为箴言。桥中的廊道两侧设有美人靠、宽木板凳等，以供村民及行人休憩之用。桥面或青石铺就，或木板连成，皆整齐光洁。夏日里，常有

拱北桥

行路人在桥中枕水席地而眠；冬日里，农闲时节，村民们聚集在桥中，或吸着纸烟，或用软绵的徽州话语拉着家常，叙着旧事，日子在不知不觉中与桥下的流水一起缓缓流逝。偶尔，有黄狗穿梭于人群之中，啃食着骨头；有猫儿从横梁上方跳过；有农人推着新鲜的蔬菜瓜果，在桥上叫卖。不远处，饮水的小黄牛昂首哞叫，回声空远。

廊桥靠近两侧溪水的墙体上，或为花格木窗，或为镂空花窗。廊桥上的花窗皆为奇数，正中的花窗大多为太阳造型；两侧一一对称，一般镂有花瓶、月亮、葫芦等造型，寓意阴阳中和、多子多福、平静和美。一年四季、一日晨昏，清风徐徐吹过，日光斜斜射入，如水的月色静静地在廊道中流淌。桥的正中，古时皆设有佛龛，供奉着诸如观音菩萨、太上老君以及建桥、修桥之人。佛龛前的香炉整日香烟缭绕，其与河面上的轻雾混合在一起，将偌大的桥体笼罩着，或隐或现中，透出一股难以名状的飘然与神秘。

歙县北岸，为江南望族吴姓世居之地。棉溪河从村旁流过，国宝级文物吴氏宗祠巍然矗立于河畔。北岸位于新安江北岸不远处，历来为歙县东乡至徽州府的必经之地。为方便乡民来往，清康熙四十九年（1710），村民们集资在棉溪上修建了北岸廊桥。北岸廊桥，又名"北溪桥"，桥体直插北岸村的横巷，与村落融合在一起。桥的北面入口，直立一块指路石刻，上书"往府大路过桥"。北岸楣额之上悬挂着"谦庵旧址"匾额，表明此处曾建有一尼姑庵；南岸门楣之上书有"乡贤里"三字，当为表彰捐款造桥的乡贤。

北岸廊桥共有十二列十一间，正中两列供奉着佛龛。时间久了，佛龛中的佛像已经丢失，但两侧的楹联依然清晰如旧，一联曰"紫竹林中观自在，莲花座上显金身"；一联曰"若不回头谁替你救苦救难，如能转念无须我大慈大悲"。显然，旧时佛龛的莲花座上应该端坐着大慈大悲的观世音菩萨。

徽州古廊桥中最为宏大壮观、气势雄浑的，当数婺源县清华镇的彩

北岸廊桥

虹桥。此桥横跨婺水，始建于唐代，初为独木桥，后于南宋改建为长廊式人行桥。彩虹桥之名出自唐诗"两水夹明镜，双桥落彩虹"。彩虹桥长 140 米、宽 6.5 米，是古徽州最古老、最长的廊桥。2021 年 7 月 8 日晚，彩虹桥遭受了上游奔涌而来的巨量洪水的冲击。雨夜，不断传来桥上梁柱的坍塌声，人们忐忑不安。第二日清晨，雨后的彩虹桥只有 4 座厚实的半船形桥墩依然兀立在浑浊的洪水中。历经 800 年风雨洗礼的古桥必将凤凰涅槃，以崭新的姿态重新飞架在古老的婺水之上。

徽州廊桥，与古村落一起，承载着太多的别离。踏入其中，空气中弥漫着一股股历史的气息。从屋顶裂隙、花窗孔洞中洒入的光影，仿佛可以将古旧的往事一一重现在你的眼前。你只需静静地斜倚在美人靠上，让桥下的流水也将你的故事带出深山。

几夜屯溪桥下梦

1934 年 5 月，38 岁的郁达夫与林语堂等人沿着新开通的徽杭公路越昱岭关，穿三阳，过徽城镇，寄宿于屯溪横江桥下的船上。夜半时分，婆娑的春雨滴落在船头，船只随着流动的江水摇摆，难以入眠的郁达夫，"斜倚着枕头，和着船篷上的雨韵，在朦胧的梦里"，写下了脍炙人口的七言绝句："新安江水碧悠悠，两岸人家散若舟。几夜屯溪桥下梦，断肠春色似扬州。"离泊船不远处，屯溪雨夜昏暗的灯光中，三三两两的行人打着油纸伞穿梭而过的便是屯溪老大桥。

老大桥是徽州人对其的昵称，本名为"镇海桥"。出屯溪老街，自横江与率水并流之处北行 50 米便是横亘东西的镇海桥。过镇海桥，可直通建于汉代的黎阳古镇。因处于三江口，黎阳码头历来为徽州地区交通最为便捷之地，古时千帆云集、百货齐聚。镇海桥建于明嘉靖五年（1526），乃休宁望族戴氏第二十世孙戴广宪首倡开建。《休宁戴氏族谱》中载有"广宪，任侠多豪举，倾重资倡建屯溪石桥"。因处于众水交汇之处，屯溪石桥在清康熙十五年（1676）、三十五年（1696）两次毁于洪水。但是，屯溪率口人程子谦先后两次出资倡建，最终建成长 133 米、宽 15 米的六墩七孔石质拱桥。

初建的镇海桥为方便行人躲避风雨、停歇打尖，于正中建有一飞檐桥亭。因黎阳古镇位于休歙盆地的中心，一马平川，故高耸的桥亭有着文峰塔的气象。清雍正元年（1723），在桥西不远处的隆阜街一戴姓小商人家，清乾嘉学派的代表人物、皖学的集大成者戴震（字东原）呱呱坠地。500年来，散落在横江、率水两岸的屯溪人家日出而作、日落而息，且总是离不开镇海桥。镇海桥刻印在人们的脑海中，成了屯溪人生活中不可缺少的一部分，渐渐地虚化为屯溪的标志。外来的游人也总喜欢驻足于镇海桥上，扶着茶园石制的桥栏，遥望远山黛色、江水北去，漫听桥下妇人的捣衣声，寻找着郁达夫是在哪一条船上辗转反侧的。

2020年7月7日上午10点，一场五十年一遇的洪水又一次冲向镇海桥，偌大的桥体瞬间垮塌在激流之中，仅留下二号及四号桥墩。几千名屯溪人聚拢在镇海桥的两岸，看着残垣断壁，鸦雀无声，凝固的空气中偶尔传来耄耋老人的轻泣。短短一个月之后，人们便开始筑坝拦水，

镇海桥

镇海桥石碑

打捞沉入河底的老桥构件，这时一个不可思议的现象惊现于世。

徽州民间历来有镇海桥的桥墩中嵌有镇邪铁蜈蚣的传说，这通过打捞人员在二号、四号桥墩的基座上的发现得以印证。四号船形桥墩分水尖的腰部有两个圆形的气孔，孔内赫然横卧一铁制蜈蚣，约50厘米长。此为中国古代匠人为辟邪而采用的"厌胜之术"。

厌胜之术，源于古代巫术，主要用于驱邪避祸，寓有典型的"符号"意义。按中国传统，水为蛟龙，要压制蛟龙兴风作浪、肆意妄为，就需用铁制蜈蚣来"厌胜"。中国古代典籍中屡见这种方术的记载，后在民间演化为"谶言蛊术"，有时甚至会影响历史的进程。2021年12月21日，为传承古老的徽州文化，新修建的镇海桥在每一个桥墩下依然留有一铁制蜈蚣。显然，无论今夕，国人都有着趋吉避凶的美好愿望。

2021年12月26日清晨，一夜小雪的黄山市屯溪区，天空突然放晴，新安江水似乎比历史上任何时候都更加清澈灵动。被大水冲毁的镇海桥经400多天紧锣密鼓的修建，凤凰涅槃一般重新飞架在横江两岸。此时三江口的江面上，一条彩虹在雪霁后悠然地挂在半空中。桥上人头攒动，烟花从桥面上升起，穿过彩虹，绽放在徽州的蓝天中，绚烂无比。

024

桥头水北是我家

　　每个人心中都有一座属于自己的桥，它躺在故乡的小溪上，承载着太多儿时的往事：春日清晨的桥头，玩伴们在银杏的枝丫中上下穿梭，笑声洒落在水面；夏日黄昏的桥上，老人们诉说着村中的旧史，蒲叶扇扑打蚊虫的声响在桥洞中回荡；夜半时分，不知谁家的女子斜倚着桥栏，极目远方。太多的送别总是停驻在桥头，隐入记忆中，伴随着流浪外乡的你渐渐定格为永恒的故乡记忆。一生之中，桥影总是不时出现在你的梦境中，摆脱不去，又割舍不了。

　　徽州的每一座古桥都有着百年乃至千年以上的历史。徽州人家世世代代生活在古桥的两端。徽人耕田种山、担禾挑薪乃至休养生息，皆离不开古桥的背负。于是，千百年来发生的故事叠加在一座桥中，浓缩成徽州往事。

　　北宋初年，南唐后主李煜的后裔带着"一江春水向东流"的无奈，别离虎踞龙盘的金陵，举族隐居在古徽州群山深处的婺源县李坑村。

　　李坑李氏，承后主的风雅姿仪，自宋而至明清，人才辈出、文风鼎盛，共有十八位子弟入翰林。南宋乾道三年（1167），村中才俊

登封桥

李知诚居然摘得武科魁星。一条溪水曲曲折折地穿李坑村而过，10余座古桥将两岸的人家串联在一起。村外田畴之中，溪水入村处，一座青砖砌成的单孔石桥被荒草淹没，夕阳下透出北宋的风骨。此桥名曰"中书桥"，为古徽州地区现存最古老的石桥，乃北宋大观三年（1109），村中进士李侃荣升中书舍人后为方便乡党来往而独资修建的。900多年来，中书桥与李坑村一起默默无声地诉说着南唐皇家曾经的辉煌。

休宁县齐云山为中国四大道教名山之一。明嘉靖十一年（1532），世宗在此祈嗣灵应，一时间，这里香火大盛，四面八方香客云集。然横溪如一条玉带缠绕在齐云山脚，行人难以逾越。明万历十五年（1587），徽州知府古之贤命开工建桥，历时一年方成。桥成之时，适逢古之贤上调广东按察副使，故时人以"登封桥"命名之。此桥后来虚化为吉祥的象征。因朝拜之人过多，横溪上游来水过猛，登封桥屡遭破坏，明万历年间，两次修复。清康熙年间的一个夏日暴雨夜，登封桥被彻底冲毁。清乾隆五十三年（1788），胡学梓慷慨解囊，独资倡导重建，后历时四年建成。

胡学梓乃黟县西递人，是清乾隆年间徽州著名的商人，其膝下有三子，分别为胡尚增、胡尚焘、胡元熙。再修登封桥期间，胡学梓不幸因病驾鹤仙去，二子胡尚焘承继父志，历时四年终于建成八墩九孔，长147米、宽8米的登封桥。如今，风和日丽之时，漫步桥上，齐云山主峰插云，横江如带，渔歌唱晚，两岸人家散落在竹林中，一片和美。

古徽州最长的石桥，为歙县练江上的太平桥。此桥于明弘治年间由木桥改为石桥后，屡次遭洪水破坏。道光十七年（1837），太平桥被山洪夷为废墟。六年后，胡学梓三子、武英殿大学士曹振镛的女婿胡元熙倡议重建，其后历时七年方建成如今依然巍峨壮观的古徽州第一桥。

呜呼，自乾隆五十三年至道光三十年（1850），黟县西递明经胡胡

太平桥

学梓父子三人，轮番主修为休宁、歙县所属的登封、太平二桥，历时逾一甲子，薪火相传乃至至死不渝，其情其节其义，令人唏嘘之时，油然而生敬畏。通览徽州筑路、架桥史，乃至修祠、建书院史，此种现象屡见不鲜，实乃徽人之一大壮举，与他处大相径庭也。

"仲春月白醉归处，桥头水北是我家。"如今，历经风霜洗礼的一座座徽州古桥依然静卧在村落、古道之旁，引领着一个个游子寻觅那魂牵梦萦的故园。

第二章　新安画派四百年

扬州八怪有其二

广陵故地，南望京口，金山寺如海市蜃楼。铁马秋风、楼船夜雪，春风又绿江南岸，邗江接大江处，乃古渡瓜洲。自西晋以来，中原大族最为写意的人生便是"腰缠十万贯，骑鹤下扬州"。

清初，广陵渐渐从"扬州十日"的旧痛中复苏；两淮盐运使的设立，使其步入历史上最为繁华的时期。天下商人云集于此，尤以徽商为盛，民国文人陈去病在《五石脂》中有云："扬州之盛，实徽商开之，扬盖徽商殖民地也。"徽商贾而好儒，在扬州办教育、建书院、筑林园、兴诗社、蓄戏班、演戏剧、印图书、藏古籍、研经史、行医术的同时，尤其热衷于书画艺术。扬州城中，中产之家亦求书画悬于室中，以示风雅，民谚有云："家中无字画，不是旧人家。"扬州画派由此兴起。《扬州画舫录》记载，本地及寓居扬州的画家稍具名气者有一百数十人之多。其中，尤以扬州八怪最为著名，其画风及技法，上可追溯至徐渭、石涛、八大山人等，下可影响到吴昌硕、齐白石、徐悲鸿、黄宾虹、潘天寿等一代名家。

扬州八怪，是清代乾隆年间活跃于扬州地区的一批风格相近的书画家的总称，一般指的是金农、郑燮、黄慎、李鱓、李方膺、汪士慎、罗聘、高翔八人。扬州八怪，发端于金农，终于金农的入室弟子罗聘，其中最为后世称道的为郑燮。扬州八怪，大多出身贫寒，生活清苦，个性高傲而狂放，且好以梅、兰、竹、石等为绘画题材，诗书画同工。尤为称奇的是，扬州八怪之中居然有徽州籍的画家两人，分别是汪士慎及罗聘。

汪士慎，字近人，号巢林、溪东外史等，37岁时自徽州休宁富溪而迁居扬州，以卖画为生。他此前的徽州村居生活，几乎不为人所知，只留下"汪六先生"名号之疑。

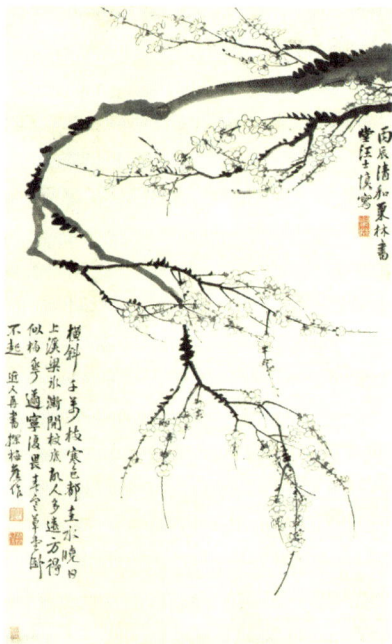

汪士慎《梅花图》

汪士慎尤擅画梅，常到扬州城外梅花岭赏梅、写梅。汪士慎所画梅花，清淡秀雅，常有一股冷香气韵自画中溢出，与李方膺的"铁干铜皮"恰成鲜明对比。金农有云："巢林画繁枝，千花万蕊，管领冷香，俨然灞桥风雪中。"壮年的汪士慎初来扬州寄居于七峰草堂（为祁门大盐商"扬州二马"所建，位于名园小玲珑山馆内），故自称"七峰居士"。暮年的汪士慎一目失明，自刻印一方，曰"尚留一目著梅花"。后来，双目皆瞽，仍挥毫不止，并署名"心观"，时人评曰"盲于目，不盲于心"。

罗聘，字遯夫，号两峰，祖籍徽州歙县呈坎。呈坎以八卦布局而闻名，罗氏家族世居于此。呈坎罗氏，有上罗、下罗之说，为徽州名门望族之一，诗书传家，人才辈出。

罗聘，人物、佛像、山水、花果、梅、兰、竹等，无所不工，笔调奇创，超逸不群，别具一格，尤其画鬼，为当世一绝。其传世之作《鬼趣图》，画鬼态无不极尽其妙。罗聘布衣一生，极好云游，曾三上京城，画艺轰动京师。其妻方婉仪，号白莲居士，乃大家闺秀，亦擅画梅、兰、竹、石，并工于诗。其子允绍、允缵，均善画梅。四人被时人誉为"罗家梅派"。

梅清茶苦，初春的寒意中，总是一样的滋味，弥漫在纸上、杯中，有着千古禅意，抹不去，尚可感觉到一丝孤寂。瓜洲渡前、瘦西湖旁，船家与过客的话题皆汇入大江，与新安江水同归，成了无边无际的汪洋。

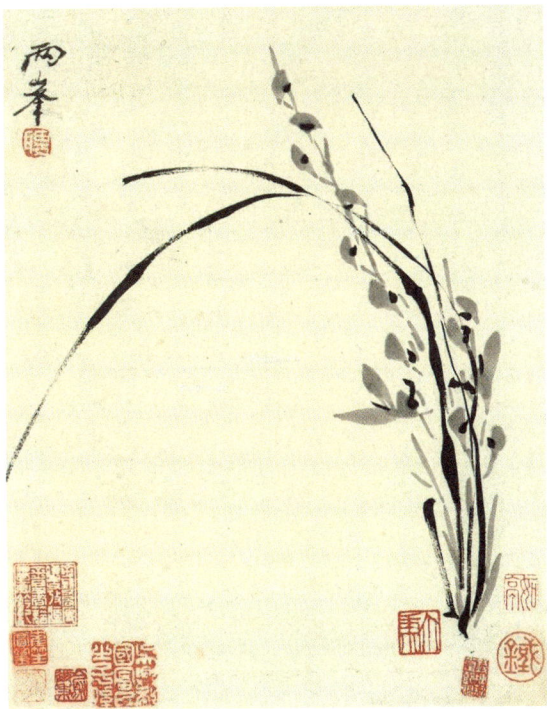

罗聘《幽兰图》

敢言天地是吾师

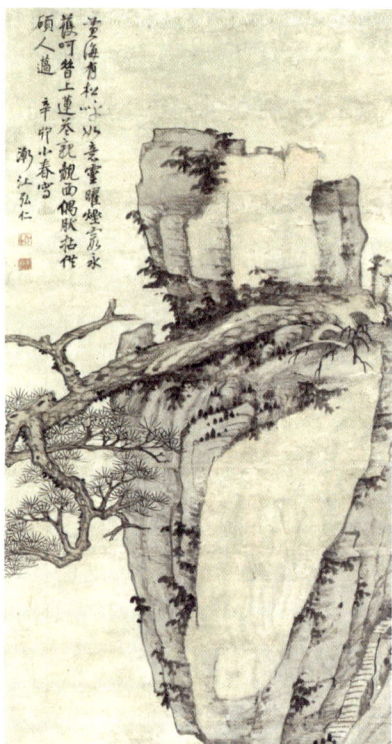

渐江《峭壁孤松图》

渐江，俗名江韬，生于徽州歙县，少时随父迁居杭州，好文学，为明末杭郡四十秀才之一，后返回故土，侍奉老母，以孝闻名乡里。渐江处明亡清立之际，先是投笔从戎，后别妻弃子为僧，一生颠沛流离，足迹遍布江南各地。渐江开新安画派之先河，为"海阳四家"之首。渐江与石涛、石谿、朱耷一起被后世称为明末清初"四大画僧"。渐江寓动于静，为冷禅；石谿、朱耷悲痛与躁动跃然于纸上，为狂禅；石涛感情丰富，风格多变，为灵禅。

渐江年轻时师法"元末四大家"之首的倪瓒（号云林），尽得其神。

倪瓒长期生活在太湖流域，见平山远水，多画缓坡竹树、疏村远岫，有天真疏淡的意境。渐江法师而不拘泥于师，别开生面，与倪瓒的荒寒简淡之风相比，多了一份倔强之气。渐江因长居于黄山、白岳之间，画中多见层峦陡壑、老树虬松，凸显出伟峻沉厚的气韵，形成了"笔如钢条，墨如烟海"的气概和"境界宽阔，笔墨凝重"的独特画风。

清顺治二年（1645），徽州为清军所破。为反清复明，渐江别离新安，随南明唐王入武夷。明亡后，他遁入空门，皈依古航道舟禅师，始用法名弘仁，字无智，号渐江，"入武夷，居天游最胜处，不识盐味且一年"。又三年，40岁的渐江，挂瓢曳杖，芒鞋羁旅，徒步而归徽州故里。

此后，渐江一头扎进丰溪（今徽州区西溪南）大收藏家吴不炎家中，足不出户，每日浴后焚香，跪请宋元真迹，潜心临摹。从此，赵孟頫的远愁，倪云林的萧散，黄公望的苍古，王蒙的幽静，吴镇的滋润，皆涌于渐江的笔端。

黄山雾凇

　　1656 年，46 岁的渐江与汪家珍同游黄山。此后，他每年必至黄山，与樵夫、僧侣为伍，寒来暑往，不计岁时，凡山中阴晴之变幻，丘壑之迁移，日月之蔽亏，乃至鸟鸣花语、水落霜明，无不贮于胸中。"坐破苔衣第几重，梦中三十六芙蓉。"一日夜，渐江与其侄登天都峰顶。此时，月朗星疏，峰峰可见、山山可数。于是，渐江坐于文殊石上吹笛，其侄漫歌和之，声音嘹亮，溢出云表。下方千山万峰，皆侧耳倾听。莲花峰的寒林中，不时传来老猿的数声长啸。夜过三更，衣单露重，二人寻得一寺庙而宿。与黄山融为一体的渐江，神清气爽，胸无纤尘，俨然蜕变为一高流静士，国事之殇寂然成空。

　　"敢言天地是吾师，万壑千崖独杖藜。"渐江以黄山的真山真水为师，"于极瘦削处见腴润，极细弱处见苍劲，虽淡无可淡，而饶有余韵"。

他的山水画笔墨精谨，格局简约。他极少用粗笔深墨，也少点染皴擦，不让作品中出现丝毫的粗犷霸悍、张扬外露的习气，全以精细的松灵之笔徐徐写出，于空灵中显充实，于静谧中寓深秀，结构出一派纯净、幽旷而又俊逸、隽永的意境，给人以品味无穷的审美体验。如果说，黄山构成了渐江的灵魂之质，那么，寒梅、苍松便是他人格的物化。

1664 年 1 月 19 日，渐江作画三幅送于邻家贫者，以助其度过寒冬腊月，过三日，圆寂于歙县五明寺。一月后，友人将其葬于歙县西干披云峰下。好友汤燕生与门人在渐江墓前植下梅花数十株，以了却渐江生前"墓上种梅为绝胜事"的遗愿。如今，歙县李白访隐士许宣平处，每至初春冷寒之时，江水清清，新梅绽放，千朵万朵，恰如渐江之笔点化在故乡的山水之间，真真切切。

新安画派四百年

渐江《黄山图册》其一

画分南北，始于大唐。北方画派气势雄浑、大气磅礴，南方画派秀丽多姿、淡雅温润。至明代，中国画才有浙江、金陵等具体地域画派分法。明末，天都画派自徽州崛起。此派以黄山最为险峻挺拔的天都峰命名，师承"元末四大家"的倪瓒、黄公望，奉荣归故里的程嘉燧为盟主，聚李永昌、方式玉等众多画家，其中翘楚者，号"天都十子"。

1645 年，兵燹少至的徽州，为清兵所破。徽州的画士们，或奋起抗清，或游走他乡，或归顺朝廷，天都画派逐渐式微。待江山易主，天下大定之时，新安画士们已成大明遗民，无力回天，

只得重拾画笔。他们大多自绝仕途，醉心于黄白之间，将一腔孤傲倔强之气凝注于笔端，形成渴笔淡墨、清逸悲壮、荒凉冷寂的风格。新安画坛经短暂的沉寂之后，续天都画派的余温，涌现出一批同源共脉、风格相近、画法相似、意境相同的画家。他们或祖籍徽州，或居于徽州，人数众多，蔚为大观，其中以新安山水为创作题材且稍有名气的约有130人。

清人张庚在《浦山论画》中有云："新安自渐师以云林见长，人多趋之，不失之结，即失之疏，是亦一派也。"此派即新安画派。自程嘉燧、李永昌，经梅清等而至黄宾虹、汪采白，400多年来，徽州画坛成人物渊薮，犹如新安江水奔腾不息，其中，尤以"海阳四家"最为著名。因"海阳四家"中有三人出自休宁，故时人以休宁县城所在地海阳镇概称之。

"海阳四家"以"郊、岛之姿，行寒瘦之意"，体现出超尘拔俗和苍凉孤傲的品格。渐江萧疏澹逸、气韵荒寒，查士标孤迥清寂、风神懒散，汪之瑞渴笔焦墨、苍郁悠远，孙逸简淡韵浓、涤尽俗尘。四人中，汪之瑞为李永昌的高足，最为年长；查士标最是长寿，存世作品题材丰富且数量众多。然而，唯有风格最为"绝俗"的渐江被公认为新安画派的创始人。渐江，举子业出身，国破之际，离妻别子，自徽州入武夷，后遁入空门，居无定所，"渐公画入武夷而一变，归黄山而益奇"。独坐冷窗、万里苦旅的渐江，绘画气韵与骨力兼备，终以丰富而坚忍的内心、枯松寒梅的意境成就了新安一派。

新安画师大多出自书香门第，少年时博览群书，诗书画皆工，骨子里怀着对故国不尽的思念，目中所见仿佛都是深幽僻静之处、人迹罕见之地。故其作品文人逸士画特点非常突出，最为追求意、品及内涵。他们一反主流院体画派的柔媚甜俗、奢靡华贵之气，开创了一代简淡高古、秀逸清雅之风，在封建社会晚期，将中国画的意境推向新的高峰。

天都峰绝，莲花峰冷，新安江清，山高水长的徽州，儒释道三家之风融为一体。古老的徽州版画艺术，倪黄尚虚尚静的画风，张志和的田园意境，戴震求真求实的哲学，在明清之交的重大历史转折期，烘托出了气象万千的新安画派，直至当代而生生不息。

黑白丹青黄宾虹（上）

歙县中部，黄山东麓，屯溪盆地腹内，丰乐河逶迤而来。河上有桥，落于水中，如彩虹一般。临河而立一古亭，一古村，亭曰"宾虹"，村名"潭渡"。潭渡为徽州望族黄氏的千年世居之地。村落中部，苍苍古树下，巍然矗立着一栋建筑，名曰"怀德堂"。此堂建于清康熙五十七年，

宾虹故居

为三间五架结构，前有廊庑，中设天井，后置院落。院内假山玲珑如灵芝，故曰"石芝阁"；入口处赫然有一匾额，上书"宾虹故居"四个大字。

黄宾虹生于浙江金华铁岭头，一生历经大清、民国及新中国三个时代变革，为徽商后裔。黄宾虹祖父黄孟辉别离徽州，常年经商浙东；父亲黄定三于金华开设布庄，殷实富足。定三先生承继徽商"贾而好儒"的风气，业贾之余喜好吟咏，工擘窠大字，晚年善画梅竹，与文人雅士往来频繁。黄宾虹耳濡目染，3岁入私塾，5岁便能识字过千，并略懂其中大意。

1872年，同治年间进士黄崇惺于福建归化知县任上辗转来金华。他初遇8岁的黄宾虹，为其潜质所惊，特延请徽州名经师程健行为其开蒙老师，面授"四书五经"。从此，黄宾虹开始了漫长的求学生涯。除程健行以外，黄宾虹求教的名师不下数十人，所学触及诗、文、书、剑、画，乃至金石、音韵。他师从义乌陈春帆学写真，扬州陈崇光画花鸟；于萧山倪易甫处得"（作画）当如作字法，笔笔宜分明"之秘诀，从怀宁山水画师郑珊处求来"实处易，虚处难"之心诀。

1888年，24岁的黄宾虹因父亲从商失败而回到故乡潭渡村，于祖宅怀德堂开启其近20年的"歙县时期"。徽州为程朱故里，文风昌盛；是新安画派的发源地，画风鼎盛；乃明清两代徽商巨贾聚集之地，收藏巨富。黄宾虹沉醉于古画金石、新安山水之中，或临摹，或写真，或把玩。

至今，徽州民间还盛传黄宾虹痴心于画的故事，其中三则尤为传奇。20岁时，黄宾虹在歙县汪溶家中见到石涛的《黄山图》，求借不成，归来入梦后，见石涛于黄山云海中作画。黄宾虹醒来喜极，依梦作石涛画像及《黄山图》，并题诗曰："寂寂黄山觅隐沦，百年僧济忽翻身。愿君三六峰头影，莫浣红飞十丈尘。"一日，黄宾虹于黟县宏村借来一幅元人古画，心情异常兴奋，临摹之心涌起，故而策马扬鞭，飞奔回家。在过丰乐河时，他不慎冲出潭渡桥，撞在桥头一房屋，人仰马翻。但是，

他不顾伤情，坚持临摹三日方去求医。又一日，黄宾虹与家人同游黄山，尽兴而归时，已是夜晚。不久，他人皆酣睡入梦，黄宾虹却难止画兴，于烛光下默写所见。此时，月华如水，宾虹索性移步园中月下，在一块岩石上作画至拂晓，这或许是关于黄宾虹夜游作画的最早记述。

"歙县时期"的黄宾虹，涉猎广博，潜心涵泳，书画之艺日日精进，人格修养时时见厚，为日后"师古而求变"，从"白宾虹"蜕变为"黑宾虹"，成为画坛一代宗师，打下了坚实的基础。

黑白丹青黄宾虹（中）

　　1907年，因与许承尧、陈去病等人在徽州新安中学堂组织具有反清性质的"黄社"，黄宾虹遭安徽当局的通缉，只得远走他乡，前往上海。已43岁的黄宾虹之前没有接受过任何新学的教育，但是凭借徽州家学、族学所赋予的深厚文艺功底，在洋学恣意、新学茁壮的上海滩如鱼得水，为古老的中国画艺术开拓出一条"借古开今""中西融通"的新生之路，将中国画的审美意境推向一个全新的高度，在画界赢得了"南黄（宾虹）北齐（白石）"的美誉。

　　初入上海的黄宾虹，从《国粹学报》开始，兼任各类学刊、报社及出版社的编辑，并应聘在一些高校任教。除此之外，黄宾虹还积极组织、参与集会、结社，诸如南社、中国画会、烂漫社等。长期的编辑事务，使得黄宾虹有机会接触大量的中国古画，并潜心研究其笔墨技法，付诸笔端。因画风尚未成熟，艺术家黄宾虹的前十年未曾为人所知。黄宾虹有着很深的文学艺术修养，利用工作的便利撰写了大量艺术理论文章，内容涉及画学、金石、雕刻、制墨等诸多领域，繁杂而丰富，蔚为大观，其中名篇有《古画微》《虹庐画谈》《中国山水画今昔之变迁》等。

就画学而言，黄宾虹所论触及画史、画法、画艺、画理等领域，其中国画的"五笔七墨"法，为后人熟知。关于学习中国传统画的次序步骤，他有"先摹元画，以其用笔用墨佳；次摹明画，以其结构平稳，不易入邪道；再摹唐画，使学能追古；最后临摹宋画，以其法备变化多"的论断，这被画者奉为圭臬。

就画艺而言，"歙县时期"的黄宾虹推崇石涛、龚贤等人的"妙墨"，师法新安画派从查士标开始，故而其早期作品皴法疏简，笔墨秀逸。上海时期的黄宾虹，处于师古人向师造化嬗变阶段。所师古人，已突破了新安画派的园囿，上可追溯到唐宋诸家；所师造化，已走出新安山水的灵秀，尤其巴山蜀水的奇诡与神秘，赋予了黄宾虹作品无限的审美空间，"青城坐雨"及"瞿塘夜游"便是广为流传的两个造化点悟的故事。

青城天下幽，只因山体硕大，植被繁茂，所处僻静幽秘。1933年的早春，去往青城山的黄宾虹途中遇雨，全身淋透。点点春雨泼洒在黛色中，片片云雾飘忽于群山上，他索性静坐雨中，用心体悟，不久感悟出"青城坐雨乾坤大，入蜀方知画意浓"。第二日，黄宾虹于道观中一口气画了《青城烟雨图册》十余幅，焦墨、泼墨、宿墨加渍墨，仿佛雨从墙头淋下，不疾不徐，任意纵横氤氲，来去皆无踪。从此，"雨淋墙头"

黄宾虹《青城坐雨图》

的写意画法应运而生，与书家"屋漏痕"之法如出一辙。

5月的一天，黄宾虹返沪途经奉节。夜晚，他猛然想寻觅杜甫在此遇见的"石上藤萝月"景象，于是，与友人沿着江边徐徐朝白帝城而去。此时，月照大江，重重夜山合围而来。黄宾虹借着微弱的夜光，随性画了一个多小时。清晨醒来，看着昨夜的速写，他脱口大叫："月移壁，月移壁！实中虚，虚中实。妙，妙，妙极了！""月移壁"使得沉沉的夜山在虚实之间豁然而醒，摆脱了宋画一直以来晦暝窒塞之气；使得"夜行山尽处，开朗最高层"，与王勃的"行到水穷处，坐看云起时"的审美意境有着异曲同工之妙。

1937年，应徐悲鸿等人的邀请，同时为研究故宫古代藏画，黄宾虹来到北平。但是，因逢日寇侵华，游历万里的黄宾虹在70多岁的高龄只得蛰伏于方寸居室之中。十年伏居，以静为养，参悟自我，一个80多岁的画哲终于破茧而出，晕染于西子湖畔。

黑白丹青黄宾虹（下）

1937 年 7 月 7 日，卢沟桥事变爆发，北平沦陷。自上海远道而来的黄宾虹不得不蛰伏于里弄深巷，开始了近十年的孤寂生活。北平时期的黄宾虹表现出极高的民族气节，断绝与伪政权及日寇的所有合作，日常过着"清水煮白菜、豆腐，蘸酱油就米饭"的"三白"生活。

"寂寞方出大文章。"淡泊明志、宁静致远，甘于蛰伏的黄宾虹，迎来了其艺术生涯的第三次嬗变：从师造化至师法自我。这次嬗变构建于他对绘画艺术的主观与客观认知之上。

黄宾虹 50 岁前长期浸淫于古画技法，从元画入而宋画出，使自己的绘画艺术摆脱了"邪甜俗赖"的匠气，立足于"大家画"之上。70 岁之前，他从"登临山水"到"发山川之精微，现自然之神韵"，使山川与自我融一，在画中表现出一种主体与客体合一的完美境界。80 岁之后，黄宾虹如蝶三变，彻底挣脱了外物的束缚，将"艺归于道"，通过"独立感悟"，进入了随意洒脱、无拘无束的艺术自由王国，使得中国文人画飞升到大文化的视野中，犹如鸢飞九天，自在而逍遥。89 岁之后的黄宾虹由于眼疾而视力模糊，作画之时，顺意而为，竟然摆脱了

宾虹草堂

"形"与"法"的边界，创造出"无法之法，乱中不乱，不齐之齐，不似之似，虚实有度，黑白相对"的妙不可言的山水作品来。

至此，一个"黑、密、厚、重"，丹青隐墨、墨隐丹青，浑厚华滋的"黑宾虹"横空而出。他所画山川层层深厚，密不透风，疏可走马，气势磅礴，惊世骇俗，以至于时人难以理解。但黄宾虹从来不以为然，坚守自己"笔墨表现主义"的画风。晚年的黄宾虹，画艺老熟，笔墨运用自如。同时，其关于中国画的理论至深至纯，充盈着哲学思辨。其画论触及中西古今、黑白虚实等诸多领域，为中国画的审美提供了丰富而多维的视角。"知白守黑"，画应立足于黑，以黑点醒白、以黑点透白，让白点亮黑。黑白互动，虽浓墨似"黑乎乎一团"，但以白虚化，则气韵流动，活力无穷。黄宾虹进而论道："白如围棋之眼、黑夜之光，有眼即活，有光即亮。"

中国画写意，西洋画写实。故而，黄宾虹认为，传统的西洋画尚处于"技"的阶段，不如中国水墨的"近乎于道"。然而，印象派、抽象派、野兽派等西方现代主义艺术的出现，使得西洋画步入写意的境界，黄宾虹因而对其赞誉有加，"有画有墨，纯任自然，由形似进于神似"，"中国画讲师法造化，即是此意。欧美以自然为美，同出一理"。在审美的最高追求上，中国画与西洋画终于"归于一道"，黄宾虹进而发出"画无中西之分"的著名论断。

九十春秋的黄宾虹，立于古今、中西之间，以博大的胸怀、深刻的思辨在画坛纵横捭阖、包容万象，使得古老的中国画得以浴火重生。故而当代美学大家郭因赞誉道："总有一天，我们会发现，黄宾虹其实是当时在现代性走得最远的一个画家，也是将民族性与世界性结合得最为完美的一个画家。他的绘画理论与实践，包前孕后，影响深远。"

黄宾虹《黄山汤口》

三百年无此作手

　　新安画派绵延至清代的"天都十子""海阳四家"，已呈人物渊薮之势。黄宾虹在"黑白之中"的苦苦求索，更是将其盛名推向巅峰。然而，自大唐花鸟圣手、黟县县令薛稷，晚年隐居于祁门、轻吟"西塞山前白鹭飞"的张志和开始，新安画风已劲吹中华千余年。宋元之际，新安画派虽脉象细弱，却绵而不绝。至明代后期，丁云鹏的横空而出为新安画派的发展添加了浓墨重彩的一笔。

　　丁云鹏，字南羽，生于休宁西门丁家。丁氏一族，自宋开始，世代行医，医术名噪江南。传至丁云鹏父亲丁瓒时，医道更加精进，故丁瓒被时人誉为"海仙"。丁海仙行医之余，好书画而沉醉于鉴赏、收藏。少年丁云鹏虽随父从医，但耳濡目染中，显示出书画的天赋，并以擅画人物肖像而名满乡梓。丁云鹏承继书画的家学，30岁时师从同乡书画大家詹景凤，并宗法古人，书学钟繇、王羲之，画效李公麟、文徵明等，且与董其昌等交往甚密，得赠"毫生馆"印章一枚。

　　40岁左右，丁云鹏奉诏入内廷，充作宫廷画师十余年，其后返乡，游历东南名山大川，数次踏遍黄山、白岳。丁云鹏中年时画风渐渐趋向于成熟，用笔细秀，近于文徵明、仇英；晚年风格朴厚苍劲，用笔细腻而古远，

自成一家。丁氏画山水、人物等无不精妙，尤擅于佛像、罗汉像。丁云鹏崇尚佛教，曾拜谒"明代四大高僧"之紫柏、憨山，护法于黄山慈光寺，晚年更是栖心于禅院，深得释家心法的精髓。丁云鹏所画佛像、罗汉像，颇具吴道子笔法，兼有李公麟笔意，均以白描勾勒，不加晕染，线条流畅而富于力度，布局合度。《无声诗史》赞曰："丁云鹏画大士罗汉，功力靓深，神采焕发，展对间恍觉身入维摩室中，与诸佛菩萨对话，眉睫鼻孔皆动。"其挚友、明代书画第一人董其昌盛誉道："三百年无此作手。"

丁云鹏作为明代晚期新安画派的代表人物之一，绘画作品屡见馆藏及收录：故宫博物院藏有《江南春扇》《婕妤挡熊图》《玉川烹茶图》，中央美术学院藏有《罗汉图》四联幅；《伏虎尊者图》收藏于安徽博物院，《佛像图》收藏于沈阳故宫博物院，《白马驮经图》收藏于台北"故宫博物院"，《漉酒图》《罗浮花月图》收藏于上海博物馆；《白岳全图》长卷刊于明万历二十七年（1599）的《齐云山志》。《白岳全图》以白描写实手法，将齐云山景色尽数收揽。其中一草一木、一桥一亭、一观一峰，处处清晰而历历在目。此画笔姿古俊清秀，山势跌宕起伏，中有文坛名流题咏，实乃新安画苑早期的传世之作。

齐云山香炉峰（方亮 摄）

　　自明嘉靖至万历近百年时间，徽墨发展进入全盛时期，以程君房、方于鲁为代表的制墨名家纷纷刻印制墨图书。丁云鹏与弟子吴左千、俞仲康合作，为方于鲁的《方氏墨谱》绘制 385 幅图；为程君房的《程氏墨苑》绘制 520 幅图，其中彩绘图 50 幅。更为神奇的是，《程氏墨苑》中的《宝像图》为明代著名的传教士利玛窦赠送给程君房的西洋画。丁云鹏将以明暗为主的西洋版画改变为以线条造型为主的传统白描，表现得生动自然而酣畅淋漓，成为东西方美术交融的一次大胆尝试，被海内外传为美谈。

　　在徽派版画领域内，丁云鹏多与名扬天下的歙县虬村黄氏刻工合作，存世力作颇丰。丁云鹏在明万历二十二年（1594）绘有《养正图解》二卷；与吴廷羽合作，画《博古图录》600 幅；受程大约之邀，作《观世音菩萨三十二相大悲心忏》之图 32 幅，所绘观音极为传神，刀刻更是神乎其技，"线条细若秋毫之末，柔若春蚕吐丝"。

　　丁云鹏虽贵为宫廷御用画师，新安画派晚明时期的中流砥柱，但能弯下"文人画家"的身姿，与徽州能工巧匠合作，在徽墨、版画及刻书领域，躬身力行，以"阳春白雪"与"下里巴人"兼而有之的气概，推动了明代徽州工艺名扬中华大地，为徽商的崛起赢得了核心竞争优势。

第三章 万古存真徽墨香

能工巧匠成十艺

徽州工艺之"工艺"一词乃极具时代特征的新词汇，徽州古文献中，一般称之为"方技""艺能""民艺"及"手艺"等。明万历年间的《歙志》中，独辟《艺能》一卷，概述为"十艺"，分别为平台楼阁之"奇艺"、文房四宝之"清艺"、徽州刺绣之"绝艺"、金银首饰乃至髹漆装裱之"精艺"、制灯堆佛之"巧艺"、烟火之"幻艺"、医学之"奥艺"、书画之"文艺"、琴棋投壶之"雅艺"和傀儡口技之"戏艺"。"十艺"之说，除堪舆形胜、徽州盆景等外，几乎囊括了徽州民间工艺的全部。

徽州的工艺，滥觞于山越时期，传续于新安期间，鼎盛于徽州时代，至黄山市成立，虽前期略显惨淡，然余音不绝。新世纪伊始，徽州工艺大有卷土重来、雄风再振的气势。其中，以文房四宝为代表的清供，千年风雅仍流淌于当代名家的案头笔端，世人不惜以重金购买收藏。穿越时空的徽州工艺品，以徽州优越的自然资源为载体，凭借代代传承的匠人精神，依托四海行商的徽商，借助厚重的徽文化，冠绝中华艺林。

徽墨的制作技艺本源河北易县的奚超、奚廷珪父子。八百里黄山所产古松，生长于悬崖之上，饱经风霜洗礼，吸取云雾精华，材质尤适合

徽州木雕

于烧制松熏墨，加之来自黄山深处的溪水，清澈甘洌，故奚氏父子所制徽墨，"其坚如玉，其纹如犀"，集天下墨家之大成，专贡南唐皇家御用。号称"徽州四绝"的石雕、砖雕、木雕、竹雕，其主要材质为徽州本地盛产的黟县青、徽州青砖及名木筼竹等。

黄宾虹在《新安四巧工》一文中叙说："富商显宦，邻里相望，以故百艺工巧，为供士女之娱玩，常优于他处。"此话明确指出徽州工匠优于他处，皆因明清时期徽商的崛起。事实上，徽商与徽州匠人很早就呈现出一种良性互动状态。徽商最初凭借本地的良品、精品而贸易天下，其发迹后，强大的购买力又为徽州匠人提供了一流的营生环境。徽州古建，规模庞大、雕刻精美、耗费惊人，皆为徽商历经商海、宦海风雨后，为寻找精神寄托、颐养天年而建。

徽州子弟，无论日后从仕还是经商，少时都接受一样的私塾教育。徽州有着极好的乡村教育，这使得徽州工匠有别于其他区域的手艺人，有着深厚的文化底蕴，以文育艺。因浸润于名士风尚之中，处于天下一流的匠人行列，徽州工匠们特别珍视自己的名誉。他们将一刀一刻、一笔一画皆视为生命，且一人精一艺，一家传一技，累世不从他业。直至当代，徽州工匠中的艺高者仍透出文艺的风骨，有着非凡的认知。

历史上，文人雅士、达官贵人乃至皇亲国戚也纷纷乐于汇入艺海之中，为徽州工艺添光增色。号称文房四宝之首的歙砚，其题诗治铭者，既有南唐后主李煜、"十全老人"乾隆，又有姜夔、欧阳修、苏东坡等文豪，更不乏米芾、董其昌等书家圣手。古砚留痕，字字珠玉、句句烁金，其文化价值甚至超越于功用所在。

1909 年，黄宾虹在《国粹学报》中记述的徽州四巧工，当为徽州匠人的典范。一是蟹钳，一个仅剩有两指的天才工艺师，曾在筷头上刻出十八渡海罗汉，须眉毕现，鬼斧神工。二是制砚名工汪复庆，他雕刻砚台因势赋形，在雕与不雕之间，尽现美学内涵。三是髹漆艺人程以藩，"器之精品，有银胎嵌镶、红黑退光诸目。寻常器具，亦必竹木为骨，络以丝缨，五色绚烂，雕镂井井，彩泽鲜妍，腠理坚韧，器无巨细，至能载人其上而不摧裂，无迹可寻"。四是擅长雕字刻书的张立夫兄弟，"上而籀篆钟彝之古，下逮花鸟虫鱼之细，书画摹刻，不爽毫发"。张氏"不唯精刻，而还兼通书法，故其字画波磔，神采飞动，无不如志"。

徽州工匠

金声玉德歙州砚

笔、墨、纸、砚被称为"文房四宝"，属书房不可或缺的清供，尤其砚台最为文人雅士所青睐。唐元和年间，著名书法家柳公权在《论砚》一文中把端砚、歙砚、洮砚、澄泥砚列为全国四大名砚，其中，唯有澄泥砚为陶质砚，其他皆为石砚。

歙砚石质优良，色泽曼妙，莹润细密，因涵"坚、润、柔、健、细、腻、洁、美"八种美德而被南唐后主李煜盛赞为"歙砚甲天下"。宋代书法大家蔡襄美誉曰："玉质纯苍理致精，锋芒都尽墨无声。相如闻道还持去，肯要秦人十五城。"大文豪苏东坡的"涩不留笔，滑不拒墨，瓜肤而縠理，金声而玉德"，更是成为后世评价歙砚的至高标准。

徽州的砚虽名曰"歙砚"，但砚石的主要产地为婺源县龙尾山。龙尾山也名"罗纹山"，其芙蓉溪中分布着十余处砚坑，其中，眉子、金星、水蕨、济源、碧里等老坑盛名已久。相传，大唐开元年间，婺源有叶姓猎户一路追踪野兽至龙尾山长城里，见溪涧里叠石如城，润洁晶莹，煞是可爱，于是，携回请人雕刻成砚，龙尾砚方出深山而名扬天下。因歙县为府城所在，能工巧匠云集，同时，市场交易量巨大，故而后人舍"龙尾砚"之名而称之为"歙砚"。

　　中国毛笔乃秦国大将蒙恬北击匈奴时发明的。毛笔诞生后，砚台也登上历史舞台，一般分为古砚、新砚两类。秦代石砚的基本形制为带杆的圆饼形，汉代多为圆形三足式，唐代以簸箕砚最为常见，而宋代主要是抄手砚。可见，宋代之前的歙砚皆泛出简约而少雕刻的拙气。

　　自元明而降，歙砚造型千姿百态，形状各异，雕刻工艺也日趋精细。至清代，徽州三雕（石雕、砖雕、木雕）技艺日臻完善，使得歙砚的雕刻也极尽繁华，呈现出"乱花渐欲迷人眼"的态势。然而，洗尽铅华，歙砚的妙品总是古朴大方、端庄敦厚，在雕与不雕之间透出一股浑然天成的神韵。

　　品鉴歙砚，一方好砚总是有"坚密柔腻、温润如玉、发墨如油、笔毫无损、几无吸水、涤荡即净，寒冬储水不冻、盛夏储水不腐"等诸多特质。然而，抽丝剥茧，透过复杂的表象，可感知其内在：

歙砚

金星纹理

观察法：好的歙砚，光泽深沉，"罗纹、眉纹、金星、金晕、鱼子"五种特有的纹理凸显，聚散之间，或灿似繁星，或密如细雨，或飘若丝绸。抚摸法：质地细腻，如孩儿面，似美人肤，呵气即可盈珠，为上品。清洗法：将砚台投入水中，若纹理非人工修饰，源自天然，则更加灵动，反之，渐渐模糊。抹水法：用湿布擦拭砚池，水珠长时间不消失，则意味着透水少，为优品，反之，则为次品。掂量法：托起砚台，感受砚石的分量，越沉者，结构越紧密，越为上品。叩弹法：用手指叩击砚台边缘，听声而辨石。若发出清脆悦耳的金属音，且回音幽远深长，犹如天籁，当为好砚；若发出"卜卜"之类的闷声，则暗示着砚台有裂隙或质地疏松。

因歙砚为中国四大名砚中硬度最大者，玩家常常以硬物在背面划刻，不留划痕、不出碎屑者，当为上品，此为"比硬法"。因歙砚表面纹理精细，书家喜欢通过直接磨墨来判断其优劣，上等歙砚，出墨细腻而均匀，发墨快而不损笔毫，储墨久而不干涸；陈墨一洗即净，砚石复新若出水芙蓉，此为"研墨法"。

歙砚，最初只是朴素的实用品，徽州巧工的精雕细琢，历代文人雅士的大力推崇，使其逐渐蜕变为艺术品，渐渐升华为收藏品。初春之时，和风微醺，书案之上，一方古砚，阳光洒在黝黑如玉的砚台上，墨香飘盈室内，手执书卷，沉醉其中，岂非人生一快事哉？

万古存真徽墨香

　　墨香，几乎是所有中国读书人都摆脱不了的一种情怀。它从一册册书页间缓缓泛出，笼罩在书房中、几案上，弥漫在空气中、鼻息里。无论是王羲之的《兰亭序》，还是黄公望的《富春山居图》，抑或是张择端的《清明上河图》，乃至苏轼的《寒食帖》，能够穿越千年，历久弥新而万古存真，离不开一锭锭漆黑乌亮的墨。墨在书家圣手、国画大师的笔端，黑白交错、浓淡之间，熠熠生彩，甚至幻化为中华文明的标志性符号之一，成了中国传统艺术写意精神的载体。

　　中国古墨，分为川墨、徽墨两派，有石墨、松墨、油墨等品类。唐代之前，徽州以石墨为主，罗愿在徽州最早的地方志《新安志》中记述："（黟县）墨岭山上有穴，中有墨石软腻，土人取为墨，色甚鲜明。"这也是黟县之"黟"的来源之一。松墨、油墨皆是烟墨，为阴燃古松、桐油后，取其轻烟精制而成。徽州松墨的制作，一般包括采松、造窑、发火、取烟、和制、入灰等工艺。北魏贾思勰在《齐民要术》、宋代李孝美在《墨谱》、明代宋应星在《天工开物》中，皆有详细的文字及插图描述。

正在制作中的徽墨

唐代，中国松烟制墨的重心渐渐由长安的终南山一带转向"风萧萧兮易水寒"的易水河畔，奚氏家族开始成为著名的制墨世家。安史之乱、黄巢之乱时，北方大族纷纷南渡，奚超、奚廷珪父子也随着逃乱的洪流来到徽州。他们见此处古松遍地，虬枝苍龙，便定居下来，专心制墨。因南唐皇家三代国主皆沉醉于翰墨（后主李煜尤钟情于奚氏制墨，并赐奚家以国姓，加封李廷珪为专职制墨官），全国制墨的中心逐渐转移至徽州，徽墨也因此名扬天下。

据传，李廷珪之墨，以松烟一斤，珍珠三两，玉屑、龙脑各一两，和以生漆，捣十万杵，精制而成。李廷珪的墨有"拈来轻、磨来清、嗅来馨、坚如玉、研无声、一点如漆、万载存真"的特点，苏轼、秦观等当世大家皆对其钟爱有加，赞不绝口。北宋陈正敏在《遁斋闲览》中记述一事颇为有趣：有书家在斋中习字，不慎将一滴李廷珪的墨挥落池中。一年后，他偶然从绿水里将墨捞起，见其居然漆黑油亮如新。

宋代徽州制墨名家以潘谷最负盛名，其制作的"松丸""狻猊""九子墨"等被奉为"墨中神品"。宋徽宗命人以苏合油溲烟制墨，后金章宗购之，以黄金一斤方换得一两。明代，桐油烟、漆烟制墨法汇入，徽墨渐入繁荣期。尤其嘉靖至万历的近百年时间，徽墨步入全盛时期，制墨大家层出不穷。程君房之墨"寂光内涵，神采坚持"，其"重光""龙膏烟瑞""青玉案"等墨皆被奉为"稀世珍品"，以至于他在《宝墨斋记》中放出豪言："我墨百年可化黄金。"

清初，朝廷以怀柔政策安抚天下，加之康熙、雍正、乾隆等皇帝皆酷爱书画，徽墨得以进一步发展。徽州人曹素功、胡开文、汪节庵、汪近圣被并称为清代四大制墨名家。为方便销售，徽墨的品种也趋向于多样化，就单锭墨而言，有专供皇家及达官贵人所用的贡墨，有满足文人雅士及富家豪室所需的定制墨，有供寺庙及信徒抄写经书用的素墨，还有供妇女及优伶化妆用的眉墨，更有加入中药，可内服外敷的药墨等。

值得大书特书的是集锦墨，此乃清代徽墨中的至臻之品。尤其是胡开文墨庄的"苍珮室"集锦墨，"坚如玉、纹如犀、色如漆"，墨锭四边锋利可裁宣纸。倘若今世谁家藏有一套"苍珮室"，应该可印证程君房的豪言。

1905年，胡开文墨庄的"地球墨"因"落纸如漆，色泽黑润，经久不褪，纸笔不胶，香味浓郁，奉肌腻理"等诸多特质，荣获巴拿马国际博览会金奖。2015年12月，徽墨被列为国家地理标志保护产品。如今，徽墨作坊如雨后春笋一般茁壮成长于古徽州的歙县、绩溪、婺源等地，重焕神采。

胡开文故居

澄心堂纸出新安

北宋淳化三年（992），太宗赵匡义为延续北宋立国以来的"重文轻武"国策，下旨命侍书学士王著镌刻一部古代书法丛帖，此帖终名曰《淳化阁帖》。《淳化阁帖》共十卷，收集了108人共420帖，第一卷为历代帝王墨迹，第二、三、四卷为历代名臣墨宝，第五卷是诸家古法帖，第六、七、八卷为王羲之书，第九、十卷为王献之书。《淳化阁帖》浩瀚繁杂，被后世尊称为"法帖之祖"。它原本镌刻在枣木板上，后拓印出少量墨本。庆历年间，宫中一场大火将原版焚毁殆尽，民间流散的少量拓本遂成为国宝。细究之下发现，《淳化阁帖》善本所用纸墨为澄心堂纸及徽州的墨。

徽州著名的学者许承尧在《歙县志》中有"新安四宝"之说，它们分别是"澄心堂纸、汪伯立笔、李廷珪墨与枣心砚也"。而澄心堂纸的最早记述，源于南唐后主李煜。李煜诗书画俱精，对文房四宝情有独钟。李煜于金陵特辟澄心堂，专门用来珍藏歙州一带进贡的纸张，并设局制造，曰"澄心堂纸"。

黟县、歙州一带历来盛产好纸，或曰"黟川雪"，或曰"凝霜"，或曰"麦光"，其中最为有名的当数"澄心"。宋太宗太平兴国五年（980）甲科状元苏易简在《文房四谱》中有以下记述："黟歙间多良纸，有凝霜、澄心之号，复有长者可五十尺为一幅。盖歙民数日理其楮，然后于长船中以浸之，数十夫举帘以抄之，傍一夫以鼓而节之，续于大熏笼上周而焙之，不上于墙壁也，于是自首至尾，匀薄如一。"这是一个

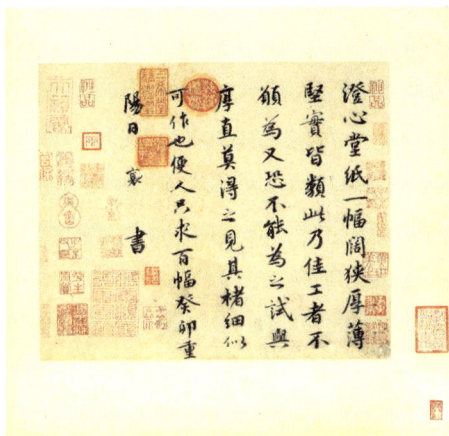

蔡襄《澄心堂帖》

多么盛大的造纸场面：黄山脚下，清溪之中，楮树皮正在浸泡。几个月之后，数十人一起抄纸。为统一行动，设有专人击鼓号令。抄出的澄心堂纸，一幅为五十尺，从头到尾厚薄均匀如一。难怪一代词人李煜竟会对其爱不释手，赞其为"纸中之王"。然而，即使南唐后主风骚盖天下，也终究难挡"一江春水向东流"的无奈。国破家亡之际，几千张澄心堂的歙纸也顺便成了赵宋皇家的战利品，入了开封的府库。

宋开国之后，书家墨客皆以拥有澄心堂纸为荣，故而与澄心堂纸相关的文人逸事屡见于文献之中。号称"宋画第一人"的李龙眠（名公麟），其传世之作《五马图》用的是此纸；欧阳修独撰的《新五代史》、欧阳修与宋祁等合修的《新唐书》，刊印本亦为该纸。北宋学者、史学家、经学家、散文家刘敞（字原父）从宫中得到澄心堂纸，分出十张赠送给好友欧阳修。欧阳修欣喜不已，作诗《和刘原父澄心纸》以谢赠纸之情，诗中有曰：

君家虽有澄心纸，有敢下笔知谁哉？
宣州诗翁饿欲死，黄鹄折翼鸣声哀。

欧阳修得纸后，不敢一人独贪，转赠两张给自己多年老友、皖南宣州诗翁梅尧臣。宋诗"开山祖师"梅尧臣与欧阳修一起被后人合称为"欧梅"。梅尧臣收纸后欣然赋诗《依韵和永叔澄心堂纸答刘原父》，诗中所说"永叔"为欧阳修的字。至此，刘敞、欧阳修、梅尧臣三位北宋文坛巨擘留下了一段关于澄心堂纸的千古美谈。及至明代，大书法家董其昌偶得一张澄心堂纸，因十分珍惜，鼓足勇气也不敢下笔。清代乾隆御制的澄心堂纸仿造品，存至当代，每张开拍价居然达 3 万元。

1996 年 9 月，《淳化阁帖》北宋拓本的第四、六、七、八卷重新在北京展出。此孤品为西方著名收藏家、美国人安思远私藏，除去书法艺术，仅南唐澄心堂古纸便价值连城。如今，《淳化阁帖》的四卷残本已被上海博物馆馆藏，成了澄心堂纸的永恒见证。

澄心堂纸纸样

新安江水绿如蓝，澄心堂纸凝似霜。去古徽州百里的崇山峻岭中，有泾县小岭。此地千年以来以青檀皮、沙田草为原料，精致出"质地绵韧、光洁如玉、不蛀不腐、墨韵万变"的独特手工艺品，这便是号称"千年寿纸"、被誉为"国宝"的中国宣纸。

横匾竖额正中眼

匾额，又称门额、牌匾、匾牍等，是极具中华文化特色的艺术形式之一，多为木刻。匾额的形状最常见的为长方形，偶见手卷形、册页形乃至秋叶形等。唐宋之前，多为竖匾；明清乃至民国，以横匾为主，故而，民间有"横匾竖额"的形象说法。匾额的底色除本色外，一般有蓝、紫、黄、绿、黑等；字色有金、银、蓝、绿、黑等；字体多见楷、草、隶、篆等体。黑底金字，是我们现在见到最多的一种古代匾额的匹配方式。

匾额的题字，长者区区几字，短者仅仅一字，如台湾首庙天坛的正殿，现存有"一"字匾额。匾额的内容，言简意赅，高度浓缩却令人回味无穷，或借景抒情，或托物言志。因匾额大多高悬于宫殿、官署、城楼、关隘、书院、园林、祠堂、牌坊、商号乃至民居之上，位于建筑物的正中，故历来有"建筑之眼"的说法。匾额中庸方正而大气磅礴，内含"正统、正气、正派"的意蕴。匾额的初始功能仅为标识，后逐渐演化出宣威教化、歌功颂德乃至倡导主流价值等功能。

徽州是一个匾额的海洋，任何一个古村落都存有匾额，少则几块，多则十几块乃至上百块。自南宋以降，徽州确立了儒家文化的主体地位；

祁门渚口倪氏宗祠匾额

明清之际，徽商的崛起带动了徽州的建筑、髹漆、雕刻等工艺的极大繁荣，加之官宦、文人众多，书家圣手层出不穷（徽商、徽匠、徽州宗族及徽州文人的融合），必然带来匾额文化在徽州的繁盛。

徽州的匾额，多见牌坊匾、姓氏堂号匾、商家字号匾、城楼关隘匾、文人题字匾等。这些匾额集"文、字、印、雕、色"之大成，带有浓浓的徽州文化特色，以无声的方式诉说着徽州的历史。

绩溪县胡家乡树林下村程氏家族留存有一块古匾，乃明代开国皇帝朱元璋所赐，现为故宫博物院珍藏。该匾正文为楷体的"龙凤恩永"，朱底金字，龙凤边纹；小字序文为"皇王朱元璋，李、徐、朱三相，带官员一千人□□在程汝舟家中一日，赐封江南等处中书"。文中所述"三相"当为李善长、徐达、朱升三人，其中，李、朱两人皆与徽州有着颇深的渊源。位于徽州府城的歙县中学，本源古紫阳书院，尚保存的"学达性天""百世经师"两块御赐古匾分别出自清康熙、乾隆二帝。2021年，徽州大族发源地的篁墩村按复旧如旧原则竖起一座徽州地区规制最高的石坊，坊名"洛闽溯本"及碑刻"宸翰"皆出自乾隆之真迹。

被南宋大儒朱熹盛赞为"江南第一村"的呈坎，为罗氏家族世居之地，历来人才辈出。罗氏家族的宗祠为宝纶阁，其第三进寝堂之上悬挂着一块蓝底金字的"彝伦攸叙"匾额。此匾长5.4米、宽2.2米，为徽州现存最大的匾额，字出明代大书法家董其昌之手。绩溪县瀛洲镇龙川村中号称"江南第一祠"的胡氏宗祠，依然保存着明代"江南四大才子"之一的文徵明手书的"世恩堂"匾额。民国徽州学者许承尧家藏的"潜德堂"匾额，乃清咸丰年间的状元、武英殿大学士孙家鼐亲笔所书。

徽州区呈坎罗氏宗祠匾额

北去黄山近700里，安徽省省会合肥，大蜀山下，董铺水库旁，安徽省源泉徽文化民俗博物馆内，有一"百匾堂"，内藏的近千块匾额乃堂主四十年如一日呕心沥血募集而成，其中除少部分源自湖北、江西、浙江等地，大部分皆出于徽州及其周边区域。置身其中，匾额四绕，那温润斑驳的包浆、柔美斑斓的色彩、凝练畅达的文字、精湛绝伦的书法及悠远辽阔的意境，令人陶醉而浮想联翩，印证了"以匾研史，可以佐证；以匾学书，可得精髓"的名言。

把酒徽山话楹联

　　楹联又称对联、春贴、对子、春联等，民间俗称"门对子"，是极具中华文化特色的文学形式之一。与阳春白雪的士人文学不同，因走入寻常百姓家，渗入人们日常生活中，楹联天然地具有民俗文化的风格。用于祝寿、婚嫁等喜事的，一般称为庆联；哀悼逝者的，名曰挽联；春节期间张贴在门扉上的，当然是春联；悬挂于楹柱上，色彩斑斓而常年不换的，便是楹联。

　　楹联由左右相对的两个单句构成，句与句之间字数相同、内容相关、词性相当、结构相称、音韵相谐。楹联字数长短不一，奇偶皆可，目前公认字数最长者乃昆明大观楼的楹联，达 180 字之多。楹联的直接源头当为骈体文。骈体文又称骈文，起源于汉末，盛行于南北朝，因字句皆成对偶而得名，常以四字或六字成句，并讲究声律的调谐、用字的绮丽、词语的对偶和内容的用典。

　　楹联的形式最早出于门联，门联则由桃符演化而来。按国人旧俗，桃木可驱鬼辟邪，故而古人常常在立春之后将桃木板挂于门楣上，这便是桃符。宋代大文豪王安石有诗曰："爆竹声中一岁除，春风送暖入屠苏。

千门万户曈曈日，总把新桃换旧符。"中国第一副春联为五代时蜀主孟昶所书的"新年纳余庆，佳节号长春"。颇为诡异的是，此联似乎成了谶言，第二年后蜀即为出生于长春节令的宋太祖赵匡胤所灭。

永嘉之乱时，中原大族为躲避战乱，筚路蓝缕，陆续辗转迁移到徽州，聚族而居。古老而悠久的中华文明在中国东南一隅的群山中落地生根，以原汁原味的方式一脉传承。楹联作为民俗文化的瑰宝，在徽州得以弘扬，常见于徽州古村落的园林、祠堂、书院、民居乃至亭台楼阁之中。徽派建筑，无论是民居的"三厅两过厢"，还是祠堂的"三进两回廊"，都呈现出多门、多廊柱的特点，尤其适合于悬挂楹联。楹联的内容，大多写景状物、抒情言志，彰显程朱理学、宣扬文明正统，进而教化乡里。

农历腊月三十黄昏时分，喜雨润泽着群山中的徽州。村前水口松柏滴翠，村后远山云雾翻卷，徽州人家的粉墙黛瓦抹上了点点猩红。一串串的大红灯笼高高挂起，并随着溪水的走势绵延而入深巷，有着山水画般的意境。最为鲜红亮眼的，还是那一户户人家刚刚张贴起来的春联。

祁门桃源大经堂祠联

鞭炮声中，往岁将去，新年将至。这些春联细细读来尚有片片古意，仿佛内容自明清以来就从来没有更改过一般。歙县许村镇高阳村一户人家的大门上，赫然悬挂着一副春联："若能杯水如名淡，应信村茶比酒香。"此联对仗工整、平仄合韵，应时应景而意境高雅，自信中透出股股隐者的风骨。

在休宁县鹤城乡樟源里村方氏宗祠树德堂的享堂正中楹柱上，一副楹联以用典的方式诉说着方氏一脉的渊源，联曰："元老家声远，黟侯世泽长。"此联为方氏宗祠的通用祠联，上联指向于周宣王时的贤臣方叔，其为天下方氏的始祖；下联中的"黟侯"当为东汉时的方储，其乃徽州方氏的显祖，为古徽州地域载入中华正史的第一人。

绩溪县扬溪镇以北，群山苍茫，乃黄山与天目山交界处。一条古道穿山而过至宁国、江浙。岭头尚有一处明清时的古关隘遗址，名曰"丛山关"。岭脚之下，古道之旁，建有供行人歇脚的茶亭，其中至今还留存一副长联，静心而读，回味无穷：

　　这边到路南，那边到路北，浮生匆匆，世事悠悠，保不住白璧黄金，留不住朱颜玉貌。富如石崇，贵如杨素，绿珠红拂竟何在？请子且坐片时，喝一杯说三道四，得安闲处且安闲，历经坎坷皆顺境。

　　此日在河东，明日在河西，前途渺渺，后顾茫茫，夸什么碧血丹心，掌什么青灯朱卷。勇若项羽，智若孔明，乌江赤壁总成空。劝君姑息片刻，听两句论古谈今，有快乐时须快乐，出得阳关多故人。

游龙梅桩卖花村

中国是世界盆景的发源地，汉代的"山形砚"被公认为中华盆景艺术的发端。汉唐至明清，古代盆景艺术呈群峰峥嵘的态势，形成了粤（广东）、苏（苏州）、川（四川）、扬（扬州）、徽（徽州）等流派。北宋时期，中国盆景艺术已通过日本传至全球。盆景是生动活泼的日常审美艺术，花木、山水及奇石等尽揽于一盆之中。匠人们数十年如一日，精心培育，将山川形胜、奇峰峭石、松柏竹梅乃至清风明月、涛声疏影以缩微的技艺完美展现。

盆景艺术，发于生境之美，成于画境之美，止于意境之美。生境之美，是以自然美来渲染生活美，将形质、色彩、动声、变化之美呈现于盆苑之内。画境之美，是将生活美与自然美上升到人工美及艺术美的层次。匠人们将主次分明、疏密有致、繁简得当、虚实相生、刚柔并济、动静结合的表现手法注入盆景之中，以达到高度统一且风格独特的审美境界。此时盆景艺术已有了明显的流派特色与个性色彩。意境之美，是假借盆景艺术，激发观赏者内心深处美的意愿、美的向往，从而锻造出美的品格，形成美的风尚。

卖花渔村（朱志翔　摄）

　　古徽州域内气候温润而山水大好，可供赏玩的野生植物有 300 多种。黄山松高不盈尺，铁干龙鳞、遒劲苍古，或委屈于岩隙之中，或高悬于崖壁之上。清凉峰深处的密林中，百年古桩随处可见。大洪岭上，绵延 1.5 公里的杜鹃林已郁郁葱葱了数百年。明清之际，徽商大贾聚集天下财富在故土大兴土木，营造园林别墅。旺盛的需求，促进了徽州盆景工艺的繁荣。徽派盆景以"古朴、奇特、遒劲、凝重、浑厚"为特色，带有浓浓的徽文化审美意境，有游龙、三台、迎客、扭旋、悬崖等典型表现形式。与其他流派源于中心城市不同，徽派盆景发端于一个远离闹市的深山古村。此村为洪姓家族世居之地，有着一个颇具诗意的雅称：卖花渔村。

自歙县雄村镇浦口以南过新安江，可至洪家岭。自岭头鸟瞰，一个粉墙黛瓦的古村落横卧在云蒸霞蔚的谷地之中。此村因村形如鱼，且千年以来，村民们一直以卖花为生，故而被徽州人称为"卖花渔村"。农历正月十五，寒鸦声声，大地一片萧索。在卖花渔村的山坡谷地、田间地头，漫山的梅花却吹响了春天的号角，一夜之间，红的、白的、绿的、粉的皆破开花萼，齐刷刷地绽放在寒风里。千亩梅海中的卖花渔村以游龙式梅桩闻名于世，其徽州骨里红、徽州檀香、徽州台阁玉蝶、徽州宫粉、洪岭二红等名品都深深地烙上了徽文化的印迹。徽派盆景技艺自卖花渔村而出，越过深谷，渐渐蔓延至歙县、绩溪、黟县境内，与新安山水融为一体。

在歙县棠樾，徽州最大牌坊群百米之外，是中国最大的私家园林鲍家花园，其为清乾嘉年间著名徽商、两淮盐法道员鲍启运所建。园主以博大的胸怀、海纳百川的气度，集萃了国内各大流派的盆景一万多盆。天下山水，只在一园。此地盆景以山石为主，花草树木为辅。近 400 亩

爬满藤蔓的白墙（方亮　摄）

的园林，于山环水绕之中、亭台楼阁之间，将"徽州人家""黄山风情""天上人间"等主题一一呈现。步入园林最深处，一盆"江山如此多娇"将方圆 1200 公里黄山的险峰丘壑、奇松怪石、流泉飞瀑、青苔嫩痕聚于方寸之间，一览无余地展现在你眼前，使你几欲踏入情境之中，端坐于一丛绿叶间，听飞鹤长鸣，至物我两忘。

徽州人家，无论贫富，大多置有院落。透过门扉的缝隙、花窗的纹样，总是能看到几株盆景高低错落地排在博古架上，任意枯荣。至于深宅大院，堂屋前、天井中常常育有月季、桂花，随意飘香。葳蕤的藤蔓有时会爬出庭院，在白色的墙体上开出淡淡的小花。高大的香橼在深秋的阳光下探出挂满金黄果实的枝丫，伴你同行。

万千技艺汇一苑

　　明嘉靖至万历的近百年，徽墨进入全盛时期，徽派版画也随之步入成熟期。罗龙文、程君房、方于鲁、邵格之、方瑞生、潘一驹等徽州籍制墨名家纷纷登上历史的舞台，其中罗龙文、程君房、方于鲁、邵格之被后世尊称为"明代徽墨四大家"。程君房与方于鲁为争夺徽墨的话语权与制高点，在商战中各显神通，并不约而同地将竞争聚焦于墨谱的编著，故《方氏墨谱》与《程氏墨苑》先后面世。徽州的画师、刻工、书家、文学家乃至域外的名家高手，或主动或被动，纷纷被卷入程、方之争中，在一卷卷墨谱中留下了浓墨重彩的一笔。

　　方于鲁，歙县岩寺人，早年学诗，深得晚明文坛"南北两司马"之一的汪道昆的赏识。方于鲁制墨技艺乃程君房倾囊相授，其所造的"九玄三极"墨被誉为"前无古人"的佳品，其所制的"九鼎图"墨、"寥天一"墨则分别收藏于上海博物馆、故宫博物院。方于鲁之"文彩双鸳鸯"墨，"通体漆衣，加以鬃彩……极灿烂缤纷之观"。为赢得竞争中的优势地位，方于鲁在明万历年间出重资编撰了《方氏墨谱》。《方氏墨谱》明万历美荫堂刻本采用白棉纸印制，在中国版画及墨业史上有着举足轻重的地位。

正在制墨的工匠

　　程君房，名大约，歙县岩寺人，鸿胪寺序班出身，虽仅为九品小吏，但善于制墨。程君房集前人之长，"竭桐膏之焰，五石入漆，缩烟百两，寂光内韫，神采坚莹，时人喻为墨妖"。"墨妖"程君房在《宝墨斋记》中曾放出豪言："我墨百年可化黄金。"董其昌在《〈程氏墨苑〉序》中亦赞曰："百年之后，无君房而有君房之墨；千年之后，无君房之墨而有君房之名。"如今，故宫博物院藏有程君房的"群仙祝寿""百寿图""金不换"等墨，安徽博物院藏有程君房的"蓬莱宫""众流归海""百牛图""百子图"等墨，上海博物馆藏有程君房的"端祝瑶池"等墨。

　　方于鲁制墨技艺出于程君房，但之后两人因私情结怨，反目成仇，形同路人。《方氏墨谱》刊出后不久，为显示自己在墨业的龙头地位，程君房调动各方资源，于明万历二十三年（1595）编纂了《程氏墨苑》一书。《程氏墨苑》虽为墨谱，但其内容及形式已远远突破固有的范畴，成为徽州工艺史上的一座丰碑。《程氏墨苑》共十二卷，分为"玄工""舆图""人官""物华""儒藏""缁黄"六部分，天文地理，一一叙说；名人逸事，娓娓道来；儒释道三家，无所不包。《程氏墨苑》的序言共有17篇，除程君房自序外，竟然还有首辅申时行、明代书画第一人董其昌、传教士利玛窦等人的文章。

　　《程氏墨苑》滋兰堂刻印本共收录程君房所造名墨图520幅，主要为明代新安画派的中流砥柱丁云鹏所画。更为神奇的是，墨谱中的《宝像图》为利玛窦赠送给程君房的西洋画。墨谱的刻工为黄𬭁、黄应泰、黄应道——三人皆来自明代著名的刻板世家黄氏，与当代著名的国画大师黄宾虹同出一脉。歙县虬村黄氏数十代皆出刻工名匠，名闻江南，古徽州民间有谚语曰："棠樾盐布包，抵不上虬川一把刀。"

岩寺老街上的匠人

　　更为奇绝的是，《程氏墨苑》最初印本为彩色套印，而非现在流行的单色墨印本。此书采用了徽派版画明末创新出的饾版工艺（被视为现代分色套印的鼻祖），被当代版画大师郑振铎惊呼为"国宝中的国宝"。基于此，中国古文献学家、版本学家王重民先生更是做出了"套版印刷法起源于徽州"的论断。如今，《程氏墨苑》唯一一部保存完整的彩印本珍藏于故宫博物院，其残缺本则被日本国立国会图书馆视为"镇馆之宝"。

土眉老店卖罗盘

　　天地恢宏，岁月悠长。人虽贵为"三才"之一，然目不过千米，生只有区区百年，于浩瀚天地间，形如芥子一般渺小。《齐物论》有言"天地与我并生，而万物与我为一"，置身于时空交错中，每个个体每时每刻都有"知我所在"的本能，也力图将自己与周边的环境融为一体，达到天人合一的境界。

　　战国时，纵横家鬼谷子在《捭阖策·谋篇》中记载："郑人之取玉也，必载司南之车，为其不惑也。""司南"之车，当为确定方位所需，可不至于迷失方向。"司南"之说，由此而来。东汉王充在《论衡·是应篇》中有"司南之杓，投之于地，其柢指南"的记述。因司南之杓为磁性材料，投地之后，会与地球南北极的磁性之间产生"同性相斥，异性相吸"的效应，故司南的柢必然指向南方。董仲舒的"天人感应"学说似乎激起了中国人对浩瀚宇宙的好奇，夜观星辰、日测光影成为东方朔们的方技。黄巢破长安后，"掌灵台地理事"的杨筠松出京城、入昆仑，至虔州（今江西赣州）。他定居赣州兴国县梅窖镇三僚村期间，收徒亲授，使得长期禁锢于皇宫大内的秘学得以外溢，中国民间始有堪舆之说。

　　北宋之际，中国古代四大发明之一的指南针被广泛应用于占卜、航海、勘测、军事等领域。堪舆之学也形成了福建的"理气宗"及江西的"形势宗"两大流派。寻常人家择地而居、选向造宅乃至勘定祖先安息地，无不以罗盘为工具。明清之际，中国的罗盘主要出产于两个区域：一是沿海的福建漳州，一是内地的徽州、苏州。其中，徽州休宁县万安镇所产的罗盘因选材考究、设计独特、做工精湛、品种齐全而名闻天下。万安罗盘也被奉为罗盘中的正宗标品，有"徽盘""徽罗"之美誉。

　　万安罗盘的制作，以经验丰富的匠人手工为主，需经制坯、车盘、分格、清盘、写盘、油货、安针等诸多工序。万安罗盘品种百出，主要有水罗盘、旱罗盘、堪舆罗盘等。明清至民国，万安罗盘被崛起的徽商行销到朝鲜、日本、印度、南洋诸国乃至欧美等国际市场。1915年，万安罗盘荣获巴拿马国际博览会金奖；2006年6月，万安罗盘制作技艺入选首批国家级非物质文化遗产名录；2013年12月31日，万安罗盘被列为国家地理标志保护产品。

　　"小小休宁城，大大万安街。"中国历史文化名街万安老街位于黄

万安老街上的店铺

山南麓、齐云山北，与休宁县城海阳镇几乎融为一体，东、西方三塔鼎立，新安江北支正源横江自西而东穿过，历来为商贾重地。自万安老街下水，东去屯溪至杭嘉湖平原，直奔东海；西经黟县渔亭可上溯到祁门，进而入阊江而"漂广东"，至广州十三行。老街之上尚完好保存100多家明清时期的店铺，其斑驳的招牌显示，徽商得以起家的"茶、木、盐、典"四大产业在老街皆占有一席之地。

万安古镇上街，离万安桥百米之遥，有清雍正年间创办的吴鲁衡罗经老店。此店历经300年风霜，依然矗立在横江之畔。非遗传习所内，第八代传承人吴兆光身着对襟小褂，手拿刻刀，正一丝不苟地刻制着罗盘。罗盘行业唯一的专业博物馆万安罗经文化博物馆内，陈列着八代人的呕心沥血之作。千里之外的北京，中国国家博物馆内，静静地躺着一枚万安罗盘，无声地诉说着古老中国的"青乌之术"。

第四章 吐故纳新徽千年

七日一徽说 / 拙笔点徽州

江南方氏出徽州

　　"天地初立，唯有六姓，方居一焉。"方姓为中华最古老的六大姓氏之一，延续了4000多年而不衰。天下方姓皆以河南为郡望，自炎黄部落时代始祖方雷氏因封地方山得名始，脉络明了，支流清晰。与中华望族孔孟家族相比，方姓历史更为悠久。方姓无论分布于中华大地任何一个区域，在命名村庄、河流乃至山峦等时，都喜观冠以"方"字，尤其是其发脉地的方山之名，在河南、江苏、福建等地均可见到，以至于今人为真方山所在而争论不休。

　　自方雷氏顺延一百零九世，至西汉太傅方望。为避王莽之乱，他携子方纮辗转至歙之东乡（今属浙江淳安）。故而，方姓成为最早一批迁入徽州的大姓。方纮也因此被奉为徽州方氏的始迁祖。与其他大姓大多落地于浙江之畔的篁墩不同，方姓始迁地为歙之东乡。东乡后被析分而归于浙江，但依然与古徽州一衣带水，相隔仅半日船程。

　　方纮长子雄生有三子，分别为俨、储、俨。俨为秋南郡太守。俨为洛阳令，后任丹阳令。方储，聪颖博学，精研《易经》，通图谶天文之学，于东汉建初四年（79）、元和元年（84）被举孝廉和贤良方正，对策天下第一。方储初任句章令，后历任阜陵令、阳翟令、博士迁议郎、洛阳令、太常卿等，因文韬武略、直谏果敢而闻名当世。方储死后被追封为尚书令、黟具侯，并被民间神化为"仙翁"，成为徽州三大民间信仰之一。《方氏统宗世系图》立方储为一世祖。方储长子的后裔逐渐迁出徽州，分布于闽浙一带。定居于徽州的二子后裔不断繁衍生息，散布于徽、宁、饶、衢、婺、祁、绩等地。故而，明代大儒宋濂在《〈方氏族谱〉序》中有言："大抵江南之方，要皆仙翁苗裔。"

"不是霞坑不是方。"徽州方氏中流传的这句口头禅道出了方氏子孙聚集朝拜的圣地——歙县霞坑柳亭山。北宋政和七年（1117），宋徽宗赵佶钦赐黟侯祠"真应庙"匾额，从此柳亭山山麓的真应庙成了徽州方姓家族的族源圣地。之后，徽州方氏为了捍卫自己的族源圣地，演绎出诸多可歌可泣的故事。每年农历四月中旬，柳亭山的杜鹃漫山怒放，簇拥着真应庙的旧址，于庄严肃穆中泛出春潮勃发的气韵。

"天下汪，四角方"，是广为徽州人所熟知的一句民谣，大抵描述的是汪华的后裔遍布徽州，而方姓人家则散布于徽州四角。方姓为最早

方氏宗祠

入徽的大族之一，虽后裔中巨贾较少，但历代多出文人雅士，诸如文学家方回、制墨名家方于鲁、戏剧家方成培等。方姓自淳安迁入徽州，最初主要聚居于徽城镇一带，安居于地肥水美的休歙盆地中。北宋方腊起义、明靖难之役期间，方姓后裔为逃避朝廷的追杀，只得迁往更为偏远的深山大谷，散布于徽州四角的闭塞之地。

敕赐黟侯祠"真应庙"匾额的赵佶于宣和三年（1121）取"徽"字"束缚"之本义，改歙州为徽州，以期这个群山环抱之地从此得以安宁。南宋绍兴五年（1135），被金人囚禁了9年的赵佶屈死于寒冷的五国城，庙号徽宗。

黟侯祠碑

姑苏饮马邾子国

邾国故城，俗称"纪王城"，位于山东省邹城市峄山镇，南依廓山，略呈正方形，长宽各有 2500 米左右，为我国境内目前保存较为完整的东周时期都城之一。周初，颛顼后裔曹侠因在武王灭商中屡立战功而被封于邾国。作为春秋战国时的小国，邾国最初依附于鲁国。鲁文公十三年（前614），国君邾文公迁都于今邾国故城。战国中叶，邾国为楚宣王所灭，流离失所的子民不忘故国，皆以"朱"为姓。

失国的朱氏子孙，或避难于沛国相县（今安徽濉溪），或辗转至湖北黄冈邾城，至汉代，散布于中原大地。北宋开宝七年（974），新安《〈朱氏源流族谱〉序》记述"朱氏盛于汉也"。南北朝时，衣冠南渡的朱氏家族繁衍成名门巨族，与张、顾、陆姓并称"江南四大姓"。至唐元和年间，长江以南的朱氏郡望主要有吴郡（今苏州）、钱塘（今杭州）、丹阳等地。

姑苏古城中心，横河之上，曲起一南北拱桥，河东为十梓街，河西乃道前街。相传东晋高僧支遁曾牵名马频伽于桥下饮水，奇怪的是马溲之处忽生莲花，故此桥被后人称为"饮马桥"。唐文宗时，殿中丞朱泭世居饮马桥旁，生有四子，分别为瑾、驯、瑰、重。

唐广明元年（880），马步都总管兼宣歙讨击使朱瑾奉命率军前往歙州，后破黄巢而克复歙池一十五州，被敕封银青光禄大夫大宪御史，授爵歙州开国亭英侯。朱涔及朱瑾四兄弟因浙江之畔的篁墩山水清嘉、形胜奇绝而留居于此。长子朱瑾后由篁墩迁往休宁隔山隐居；次子朱驯则远去金陵朱衣巷；年幼的朱重随三哥朱瑰驻军婺源，后又分居于香田。元至正二十七年（1367），朱升在《〈苦竹朱氏族谱〉序》中有言："黄墩（今篁墩）府君于唐广明年间避黄巢寇，自吴门迁歙。"朱涔也因此被新安朱氏奉为一世祖，卒后葬于歙州篁墩，碑文曰"徽国文公朱夫子新安一世祖师古公墓"。

此后，新安朱氏以篁墩为发脉地，开枝散叶。北宋天禧四年（1020），首修的新安《本宗族谱序》载："世远族盛，散居江淮、闽广、吴越、金陵者不可枚举。"明代，朱氏后裔开始漂洋过海，移居东南亚等地。

朱姓家族名人辈出，屡见史书：二十四史中，单列入传者418人；成书于清康熙年间，现存规模最大、资料最丰富的类书《古今图书集成》，共收录朱姓人物1204人。其中最为著名的，当为南宋时期的理学家、思想家、哲学家、教育家、诗人朱熹。

朱熹出生于福建南剑州尤溪县，一生主要游学于八闽大地，为闽学的中流砥柱，所开创的哲学体系成为元、明、清三代的官学。其著述《四书章句集注》，为钦定的教科书和科举考试的标准。但其父朱松为婺源人，曾就读于歙县府城的紫阳书院；其母所在的祝氏家族为歙县巨贾，在歙州城曾有"祝半州"之称。朱熹自称紫阳先生，"未尝一日而忘归"，曾两次返回徽州省亲，亲授十二门徒，开新安理学之源流。朱熹驾鹤仙去后，宋理宗追封他为"徽国公"，并亲自为歙县紫阳书院、婺源朱子庙题写"紫阳书院""文公阙里"匾额，以示朝廷对朱熹为徽州人的认同。故而，徽人历来视朱熹为精神领袖，《〈茗洲吴氏家典〉序》有云："我新安为朱子桑梓之邦，则宜读朱子之书，取朱子之教，秉朱子之礼，以

武夷山五夫镇朱熹手植的樟树

邹鲁之风自持，而以邹鲁之风传之子若孙也。"

　　徽州朱氏家族，以国为姓，源流清晰而绵长，自中原筚路蓝缕至人间天堂的姑苏，略作停顿后便直入群山中的古徽州，不久以篁墩为基点，四散于新安大地。此后，他们或经商，或为官，重出高山峻岭，如点点繁星，散落四海。其4000多年的路径，成为徽州世家大族辗转迁徙的范式。

太湖入徽第一家

　　江南吴地，以苏锡常为核心，北至苏北的黄河故道，南至浙江钱塘江以北，历来富庶繁华、人文鼎盛，乃国人心中根深蒂固的区域概念，本源"泰伯、仲雍奔吴"。太史公司马迁在《史记·周本纪》中记述，周朝本源于后稷，出自陕西岐山脚下的茫茫周塬。传至古公亶父时，积德行义，受到国人的爱戴。古公亶父非常喜爱三子季历的儿子姬昌，认为"我世当有兴者，其在昌乎"，于是，长子泰伯、次子仲雍为让位于三弟季历，以采药为名，带领族人千里直奔荆蛮，"文身断发"，建立句吴国。后世子孙以国为姓。此为吴姓之数千年源流。无锡梅里古镇鸿山脚下的泰伯墓、泰伯庙也被天下吴姓奉为神圣的祖源地。成文于魏晋时期的《吴地记》记载："泰伯城筑于梅里平墟，周三里二百步，外郭三百余里。今日梅里乡，亦曰梅里村，泰伯庙在焉。城东五里曰皇山，一名鸿山，有泰伯墓。"

　　前473年，越王勾践卧薪尝胆，率三千越甲击败吴王夫差，吴亡。然而，吴地、吴语、吴文化区、吴越等成了中国区域文化中特有的、抹不去的符号。后世历代分封于此或割据于此者，居然有65人，且皆号"吴王"，其中便有"古徽州第一伟人"汪华、明朝开国皇帝朱元璋。失国的吴姓子弟，筚路蓝缕，四散于中华各地。至汉代，吴芮因辅佐刘邦开国有功，成为受封的八大异姓王之一。吴芮乃吴姓中兴第一人，死后谥号为"文王"，后移葬于距江西婺源城西48公里的镇头镇冷水亭村鸡笼山。

自吴芮顺延而下至六十一世，吴少微横空而出，成为新安吴氏的第一人。吴少微，字仲材，号遂谷，生于唐龙朔三年（663）八月十三日，唐长安元年（701）高中进士，乃古徽州进士第一人。因吴少微与陕西人富嘉谟一起开启了唐初新式散文的尝试，故两人的文体被后世尊称为"富吴体"。"富吴体"一改南北朝以来富丽奢靡、堆砌辞藻的骈体文风，为韩愈、柳宗元后来大规模推行的古文运动奠定了坚实的基础。因吴少微官至左台监察御史，故其后裔也被称为"左台吴氏"。

清乾隆三十年（1765）的《左台吴氏大宗谱》记述，徽州吴氏可划分为莲塘、丰溪、石岭、金竺、城门五大派系，其人口数一直位居徽州大族之前列。因始祖吴少微以文章名闻大唐，新安吴氏自入古徽州以来便形成了诗书报国、耕读传家的门风，与汉唐之际徽州劲吹的武风形成鲜明的对比，成为徽州温润文风的最早源头。吴少微与其次子吴巩同为进士，乃古徽州"父子进士"第一家。其后裔吴潜乃南宋嘉定十年（1217）的状元，为"中国状元第一县"休宁状元第一人。西溪南，古称丰溪，乃吴氏一族聚居地，为著名的古村落，以园林秀丽、藏书丰富及文风鼎盛而名闻明清，历史上出过440多个官员。宋代，休宁商山吴氏一族的吴俯、吴儆两兄弟因四处讲学授徒，门生众多，被誉为"江东二吴"，与"梅山三苏"齐名。

歙县南乡，离深渡古码头2.5公里处的深山之中，有昌溪古村落。此村为歙南吴姓家族世居之地，村内参天的香樟、银杏，郁郁葱葱；村中宗祠太湖祠，乃国家级文物保护单位。祠堂仪门之上，赫然悬挂着一块巨大的匾额，上有明开国皇帝朱元璋御笔亲书的"第一世家"四个大字。

昌溪吴氏宗祠

　　休宁县城海阳镇以西，横江、夹源河交汇之处，有一山微微起伏而狭长。此山今名"凤凰山"，古称"鸺山"，乃休宁之"休"的出处。唐天宝八载（749），86岁的吴少微驾鹤仙去，与夫人合葬于凤凰山之东的老柏墩。青山无声，碧水东流，婆娑的春雨里，齐云山的道乐清音中，鸺鸟振翅，犹如凤凰一般飞向太湖之畔的梅里古镇。

两江奔流论伯仲

　　江姓是"新安十五姓"之一。古徽州"一府六县"所属的古村落，以"江村"为名者，竟有十余个之多，主要分布于歙县、婺源两县。安徽境内、徽州域外最为有名的，当数宣城市旌德县白地镇的江村。此村因走出了民国著名学者胡适的"小脚夫人"江冬秀而为人津津乐道。然而，新安江姓并非出自一族，有济阳江及萧江之别。

　　唐人林宝所著的《元和姓纂》记载："嬴姓，颛顼元孙伯益之后，爵封于江，后为楚所灭，以国为氏。"郡望号为济阳，现属于山东省济南市济阳区，境内依然存有西周贵族墓群、玉皇冢、孔子闻韶台等20处古文化遗址。济阳江氏子孙皆将汉代巨孝公江革奉为祖先。唐大和年间，建康刺史江湘宦游新安，见山水清丽，遂举家侨居郡城东关，之后被后裔奉为新安东关济阳江氏始迁祖。济阳江氏扎根于新安大地，枝繁叶茂，人才辈出，其中尤以渐江、江春等最负盛名。

　　渐江，俗名江韬，生于徽州歙县。渐江处明亡清立之际，先是投笔从戎，后别妻弃子为僧，一生颠沛流离，足迹遍布江南各地。渐江开新安画派之先河，为"海阳四家"之首。渐江与石涛、石谿、朱耷一起被后世尊称为明末清初"四大画僧"。江春，字颖长，号鹤亭，又号广达，歙县江村外村人，为清乾隆时期"扬州八大商"之首，任两淮盐运总商达40年之久。乾隆六下江南，途经扬州，皆为江春接驾。乾隆曾两次亲临其私宅康山草堂，并亲书"怡性堂"匾额相赐。江春"以布衣交天下"，"恩幸之隆，古之未有"。乾隆三十八年（1773）八月，诰授江春为光禄大夫，正一品，并赏赐顶戴花翎，此为当世商人中仅有的特例。

《新安名族志》记述："又有萧江氏，本萧姓，唐宰相遘之仲子曰祯，为护军兵马使，广明间伐巢贼有功，封柱国上将军，镇守江南，驻兵于歙黄墩，谋复唐业不克，遂指江为誓，易姓江焉，郡号兰陵。"显然，萧江本出萧姓，为"汉初三杰"之一的萧何后裔。因此，萧祯被奉为新安萧江一世祖。

婺源江湾，建村于唐朝初年，本名云湾，为滕、叶、鲍、戴等姓氏的聚居地。北宋元丰二年（1079），萧江第八世祖江敌始迁云湾，后子孙繁衍成巨族，江姓成为首姓，遂改村名为"江湾"。江湾是通往皖、

江村水口

浙、赣三省的水陆交通要道，扼守婺源之西大门，因山环水绕而风光旖旎，土地肥沃而物产丰饶。村正中之处巍然耸立着一座巨大的宗祠，即萧江宗祠。此祠又名永思祠，始建于明万历六年（1578），因规模宏大、木雕精美而名闻江南。江湾萧江一族，文风鼎盛，名人辈出。自宋而清，这里走出状元、进士等 38 人，《四库全书》收录江湾文士之著作有 15部 161 卷之多。其中，尤以明代户部侍郎江一麟、清代经学家、音韵学家江永、清末著名教育家、佛学家江谦最为著名。

江永，字慎修，又字慎斋，清代著名的经学家、音韵学家，对天文、地理、算学、声韵均有研究，尤擅长考据学，为皖派经学之奠基人。江永一生淡泊名利，甘守清贫，27 岁时以教书为业，足迹遍布徽州各地，弟子中有乾嘉学派代表人物之一戴震、"一代通儒"程瑶田等巨擘。江永死后，戴震评价道："盖先生之学，自汉经师康成后，罕其俦匹。"

漫步徽州，山重水复之中不断闪现出一个又一个江村，心中总是在追问：此村江姓是济阳江还是萧江？不用说普通的游客，即使是徽学大家，也难以清楚地分辨。两江奔流，难分伯仲也！

荥阳三山国鼎潘

"潘"为中华古老姓氏之一，源流有二：一出姬姓，《元和姓纂》载："周文王后毕公之子季孙，食采于潘，因氏焉。"周文王第十五子毕公高分封幼子季孙为荥阳侯，食采于潘地，后其子孙以潘地为姓，尊荥阳为郡望。二出芈姓，为楚国公族后裔，始祖为潘崇。徽州潘姓皆为季孙之后，《〈婺源桃溪潘三仕宗谱〉序》明确记述："吾族自毕公子季孙食采于潘，因以为氏。"自季孙而下千余年，潘氏开始从中原南迁，先后至乌程（今湖州南）、义兴（今宜兴）、吴中（今苏州）等地。及至六十一世孟阳、仲阳、季阳三兄弟时，因宦游所需，迁徙至福建三山（福州古别称）。

唐广明元年，潘孟阳曾孙潘逢时官拜歙州刺史，后为避黄巢之乱而举族隐居于篁墩，因而潘逢时被徽州潘氏奉为始祖。待天下大定后，潘氏一族陆续迁往新安境内的歙县、婺源、休宁等地，并出古徽州，散播于中国东南一带。

歙县北岸镇，新安江畔，两山之间，高大的栗树、古松之下，一池荷香里，大阜古村的潘氏宗祠矗立着。高大的仪门戗角飞檐，正中悬挂着状元潘世恩手书的"潘氏宗祠"匾额。颇为蹊跷的是，此"潘"

字右偏旁起笔的一撇被略去，民间形象地称之为"无顶潘"，寓意"顶天立地，有水有田又有米"。婺源县云中镇豸峰村，北宋末年建立，为潘氏千年世居之地。潘氏人丁兴旺，九大分支奔流，故村中祠堂林立，形成"一总祠，九分祠"的布局。自高处而望，弧形道路围合着村舍，活脱脱一个巨大的铜锣，因此豸峰村也被形象地称为"铜锣村"。为避免"铜锣"裂开，村中巷道皆弯弯曲曲。百米之外的豸下湾，犹若鼓槌长卧。与徽州他处民居多天井不同，豸峰村人家没有一个天井，盖因天井洞开，犹如锣破。

大阜潘氏走出徽州至苏州后，有"贵潘"与"富潘"之分。歙县民间素有"吴茶、周漆、潘酱园"之说，苏州则有"苏州两个潘，占城一大半"之民谚。"富潘"潘岁可，开有"潘万成"等9家酱园；"贵潘"潘世恩，设有"潘所宜""瑞泰信"等12家酱园。两潘资本雄厚，是苏州著名的富商缙绅。然而，潘世恩家族之所以称为"贵潘"，源于其历代以"文章仕宦"累积而成的显赫身世。

大阜潘氏宗祠

大阜民居

　　潘世恩为明代大阜潘氏迁往苏州的六世后裔，于清乾隆五十八年（1793）高中状元，文冠天下，历任礼部、兵部、户部、吏部侍郎、尚书等职；道光十三年（1833）四月，拜体仁阁大学士，次年正月任军机大臣兼翰林院掌院学士，位极人臣。潘世恩曾举荐林则徐、姚莹和冯桂芬等人。潘祖荫，乃潘世恩之孙，于清咸丰二年（1852）高中探花，官至工部尚书，为清代著名的书法家、藏书家。潘祖荫曾数次力荐左宗棠。

　　潘世恩家族乃江南著名的收藏世家，尤其是潘祖荫，视古书、金石等如命。《清史稿》载："祖荫嗜学，通经史，好收藏，储金石甚富。先后数掌文衡，典会试二、乡试三，所得多真士。时与翁同龢并称翁潘云。"在潘祖荫所有的收藏中，以西周的青铜器大克鼎、大盂鼎最为贵重，它们与毛公鼎合称为"海内三宝"。侵华日军侵入江南之后，潘家后人为保护国宝可谓鞠躬尽瘁，甚至于潘祖荫的曾孙媳妇丁素珍为明志而改名为潘达于（"大盂"谐音）。颇为庆幸的是，如今大克鼎、大盂鼎分别珍藏于上海博物馆、中国国家博物馆，成为镇馆之宝。

明代著名政治家、改革家张居正在为《婺源桃溪潘氏族谱》所撰的序言中云："（潘氏）自乌程而闽，自闽而歙，自歙而婺之桃溪，又自婺而池阳、永丰、六安、两淮、光州……或自乌程而歙而休，自歙而杭之昌化……散丽于吴越荆楚之间，难以地计。"张居正仅以短短数十言便清晰描绘出潘氏家族的世系脉络、迁徙路径。新安潘氏多次在徽州及江南之间辗转，历经数十代人的筚路蓝缕，如大克、大盂二鼎一般终成"国器"而为后世敬仰，当可称为"国鼎潘"。

慈孝里坊棠樾鲍

鲍姓出自上古八姓之一的姒姓，为大禹之后裔。南宋史学家郑樵在《通志·氏族略》中记述："鲍本姒姓，夏禹之后，有鲍叔仕齐，食采于鲍，鲍因以为氏。鲍叔，字叔牙，进管仲于齐，齐遂霸诸侯。"中国历史上著名的典故"管鲍之交"为后世定格了一个宽容大度、主动让贤、品德高尚的鲍叔牙。鲍姓以采邑为姓，皆奉叔牙之父敬叔为始祖。辗转于山东、河南、安徽北部等地的鲍氏家族一支迁徙至山西尚党（上党）后，繁衍成望族，故鲍姓以尚党为郡望所在。太康元年（280），西晋灭吴，设新安郡。为稳定初设的新安郡，山东青州人、护军中尉鲍伸"出镇新安"。其孙鲍弘于咸和年间任新安郡守，后因喜爱清丽山水而举族定居于郡治西门，成为新安鲍氏始祖。

休歙盆地的腹地，龙山南侧，丰乐河北岸，有一棠樾古村。"棠樾"之名出自《诗经·召南·甘棠》，本义为棠梨枝枝相连，其荫庇护子孙。南宋建炎年间，以教授儒家五经为业的鲍荣自府城迁往距城西15里的棠樾村。此后，棠樾渐成鲍氏一族在徽州最重要的聚居地。棠樾鲍氏以儒筑基，以文传家，以商为业，在历代演绎出诸多可歌可泣的故事。明永

鲍氏宗祠

乐帝御题《慈孝诗》两首，赐立诗碑于龙山之上；御制慈孝里坊一座，封棠樾为"慈孝之门"。

宋元之交，天下大乱，徽州境内兵匪成患，棠樾惨遭洗劫。村中处士鲍宗岩被绑于村后龙山古松之上，匪首欲手刃之，其子鲍寿孙跪伏在地，主动要求代父赴死。鲍宗岩一听，脸色顿时变得惨白，急切恳求道："我仅一子，如若杀了他，则宗祀绝也。"父子争相求死的情景居然感动了群匪，两人皆得以释放。自此，"慈孝鲍家"的美名传遍徽州。元至正年间，为笼络汉人，朝廷将朱子之学立为官学，并敕允婺源建徽国公庙。为满足祭祀所需，棠樾人鲍元康主动变卖私田及山林，因而被世人称为"卫道功臣"。村人鲍象贤为明嘉靖八年（1529）进士，任云南按察副使时，武备戍边，力阻朝廷用武于安南（今越南），以怀柔政策令其投降；任兵部右侍郎，提督两广军务时，厉兵秣马，斩杀倭寇1600余人，为朝廷所倚重。鲍象贤为官至70岁有余，留下"官不择位"的箴言，死后被追赠为工部尚书，予以葬祭。崇祀的乡贤祠，后被族人扩建为尚书祠。

　　清代，棠樾鲍氏纷纷走出徽州，经商四海，其中，尤以鲍象贤的九世孙鲍志道为代表。

　　家道中落的鲍志道11岁便离家外出当学徒，流落于鄱阳、金华、扬州等地近十年，"年二十，游扬州，佐吴太守尊德治鹾，以质直不欺起家"。之后，自立门户的鲍志道因经营有方、为人慷慨、处事公正，被公推为两淮盐运总商。发迹后的鲍志道，一方面广交文人高士，袁枚、刘墉、曹文埴等皆成了鲍家的座上常客；另一方面将财货捐输于徽州，疏浚河道，重修古紫阳书院、古虹桥、慈孝里坊、鲍灿孝子坊等。尤为可贵的是，为赡养族内鳏、寡、孤、独者，使举族无冻饿之忧，鲍志道与胞弟鲍启运创办了"义田制度"，以至于歙县一带流传着"唐模棠樾，饿死情愿"的民谚。

　　初春三月，暖暖的日光中，油菜花开得正好，熏染着徽州地区保存最为完好的棠樾牌坊群。七座牌坊星阵排列，精巧的聪步亭镶嵌其中。不远处，徽州地区唯一的女祠清懿祠庄严肃穆，与浩大的鲍氏宗祠敦本堂遥相呼应，在广袤的田野上勾勒出一座失落的故园。

棠樾牌坊群

吐故纳新徽千年

昨夜有梦,身悬于古徽州的半空中,静静地感受着新安大地的深呼吸。那不仅仅是一个个徽人在呼吸,徽州的群山、溪水、松林乃至天空都在悠悠地呼吸,带动着千年的徽州历史与其同频共振。吐纳之间,自秦汉、唐宋而明清奔涌而来的历史,一一浮现,如幻影一般。那些灿若星辰的徽州巨子也从浩瀚的历史卷轴中轻轻走出,与我一起品着徽州产的好茶,促膝而谈,从汪华到程开甲,从朱熹而胡适,从寂寞无边的新安江畔到烟花三月的扬州城。

近12000平方公里的古徽州犹如一个巨大的木楔子嵌入中国东南部的群山之中,仿佛从此就要被世人遗忘。然而,徽州的水是流动的,从徽州众山的竹根下汩汩而出,执着而坚定地将高大而坚硬的山体切割出一个个顺畅的河道,让徽州与四维的富庶之地连为一体。徽人东可去杭嘉湖平原,西可至池州、安庆,北可上苏锡常,南可下鄱阳湖,乃至"沿运河北上至华北;沿长江一线,往来于川、楚之间;经赣江,越大庾岭,入两广",可谓海内无所不至。徽商自徽州而出,贸易于四海,成为巨贾后,又将所得财货尽输于邑内,为资源奇缺的徽州的发展奠定了坚实

徽州山水（谭崔　摄）

的物质基础。徽商最初以山中所产的茶、木等山货为本，其后聚沙成塔、集腋成裘，于财货往来之间，成就了素封之家的千年余庆。

徽州本为山越之地，开化较晚，范晔的《后汉书》有云："深山远薮，椎髻鸟语之人。"自两晋而至两宋，中原而来的世家大族成为新安的主要移民。他们略作休养后，于南宋伊始至明清，纷纷走出逼仄的徽州。云游天下的徽人，或举家扎根于邑外，形成"无徽不成镇"的奇观，或带着全新的认知重返故土，如春雨一般化育着族中子弟。徽人的"一进一出、一出一进"千年以来如新安江水一般持续不止，使得其无论是知识、修养还是德行，始终同步于山外的世界，这或许就是胡适先生所说的"大徽州"与"小徽州"的关系。

汉唐以来，徽州武风劲吹，境内常有烽火。南宋初年，婺源人朱松之子朱熹于八闽大地呱呱坠地。朱熹承濂溪先生之衣钵，续程颐、程颢之正源，开闽学之正流，成为宋代理学之集大成者。南宋绍兴十九年（1149）、淳熙三年（1176），朱熹两次重返徽州，亲授十二门徒，从此理学之泉流润泽了徽州 800 年。粗犷彪悍的徽州民风也渐渐变得温和

徽州古村（谭崔　摄）

敦厚。崛起于明代的徽州经学在流变过程中逐渐为皖派朴学的光芒所遮盖；皖派朴学代表人物戴震，"横绝一世"。1917年，出生于上海川沙的胡适以哲学博士的身份回到故乡绩溪县上庄村，从此，新文化运动之风涤荡了暮气沉沉的中华大地，来自大洋彼岸的新学唤醒了沉睡中的东方雄狮。自福建而徽州，自美利坚而新安，徽州文化在新安学人邑内、邑外的辗转中，得以生生不息而与时俱进。

《礼记·大学》曰："苟日新，日日新，又日新。"古老而悠久的徽州文化之所以能常存常新，离不开一吐一纳的易变。新安理学是徽州文化的思想基础，但经学、朴学及新学的接续，又使得理学之花时时有新蕊。明清之际，四海奔走的徽骆驼们出入徽州，为徽州文化的发展奠定了坚实的物质基础。徽州宗族是徽州文化形成的社会基础，因不断有新鲜血液的输入而变得胸怀博大。吐故纳新之际，徽州沉淀下不变的基因，汇入新的血液，使得古老的徽文化不仅不会因时代的变迁而式微，反而成长为中国东南部的一朵奇葩。

瞻淇瞻淇绿猗猗

我有一徽州梦，即抛去缠身俗事，告别喧嚣的城市，归于一偏僻的村落，或为粗布村夫，与耕牛为伴，在雄鸡啼唱中醒来，或为长衫先生，教孩童识字，在书声琅琅里假寐。

此村当位于大谷之中，背靠群山，绿竹猗猗，松涛阵阵，云海奔涌且晨昏各异。四季不断的溪水分为三股，各自从深山中蜿蜒而来，将高山与村落之间的高坡切割成一块块田地。起伏的田畴中种满各种蔬果，无论何时总有应时之食。高高的垄上遍植紫荆，春来之时，一蓬蓬绽放的花儿如朵朵紫云缠绕在溪水边、竹林旁。

自群山而来的溪水，汇集在谷底，便成了坑水。坑水呈"之"字形，由西而东穿村而过。村民们顺水建房，沿溪而居。幽深的街巷，左右舒展而南北相通；东西两侧竖着阙坊，白天门洞大开，夜来缓缓关闭。溪水之上，建有廊桥。桥旁几棵百年香樟郁郁葱葱，叶落流水中，香飘门扉里。站在村口向东南远望，稻花绵延的尽头，那屏风一般的青山张开臂膀自东西围合而来。一条青石板小道在云雾中穿行，通往高高的峰顶。村中人家倘若有了新生的婴儿，都会捧一把新土，徒步登

107

上峰巅，小心翼翼地撒在竹根下。新竹会拱出松软的泥土，在初春的细雨中节节拔高。

这梦幻般的村落似乎只有诗中才有，《诗经·卫风》有云："瞻彼淇奥，绿竹猗猗。有匪君子，如切如磋，如琢如磨。"按《诗经》的描述，那弯弯曲曲的岸边，翠竹连片，且住着一群高雅的君子。他们温润如玉，品德高尚，胸怀广阔而神态庄重。此村当有一个契合的雅名，曰"瞻淇"。

古徽州府所属的瞻淇村位于歙县县城东北 10 公里处，是古代徽州通往杭州古道的重要节点，于唐长安二年（702）建村，本为章姓人家聚居地，故而原名"章祁"。南宋嘉泰元年（1201），徽州第一姓汪氏的第六十八世孙汪俊率族众迁入。从此，汪氏人丁兴旺而枝繁叶茂，并逐渐取代章姓，成为首族。清康熙二年（1663），其后裔江西九江府德

瞻淇古民居

瞻淇鱼灯

化县县令汪作霖取《诗经·卫风》"瞻彼淇奥，绿竹猗猗"二句的意境，将章祁改为"瞻淇"，并用黟青石刻"瞻淇"二字，立于村西水口的拱门上。

自村西的林间小道曲折而入，可见四面青山环抱着瞻淇，一条1.5公里长的大路街由西而东贯穿古村。村中尚有明清古建102栋，其中40多栋堪称经典。马头墙矗立在云端，黛瓦犹如鱼鳞一般层层叠叠。逼仄的街巷中，铺着一块块青石板，黝黑锃亮。两旁的老字号与民居的黑底金字匾额，依然如新。细细察看，有北宋名相范仲淹题写的"章氏朝遗御节孝名家"匾额，有明代书家圣手董其昌题写的"天心堂"匾名，有湘军名将胡林翼题写的"兰芬堂"匾额，等等。

瞻淇村正中，上坑水与大路街交叉处建有一桥，名曰"纸码店桥"。离桥百米之远，是书院聚集之地。此乃一条南北走向的小巷，有着一个生动有趣的名字，曰"老虎巷"——大约徽州人家尊朱熹的新安理学为正宗，好儒学而远佛学，为正本清源，以童子诵读之"猛虎啸"来应对佛家宣讲之"狮子吼",其中余韵,令人回味。

群山四合、清溪漫流的瞻淇村历来有"十景八秀"之说。且不说那令人流连忘返的真景实色,单单是称谓,就绝非一个深山中的偏远村落该有的。"八角古楼""岐山九老""鸣凤在竹""犀牛望月""金盆捞月""文笔峰桥""九柱梅墙""笔架紫荆""青梅竹马""秀峰翠巅"的文韵,使人不禁浮想联翩。无论何时移步而入,"十景八秀"都会从青山绿水中、粉墙黛瓦间、亭台楼阁里一一闪现,令你恍如隔世,不知归途也。

第五章　无求不应五猖神

七日一徽说 / 拙笔点徽州

人尚古衣冠

徽州之地，山限壤隔，民风极为淳朴，不为域外他俗所染。徽人衣着简朴，衣冠之礼常常百年不变。直至今日，每逢祭祀、节庆等重大活动，尚可看到头戴瓜皮帽，身穿长袍、马褂的乡民。置身其中，所见所闻皆为故旧，常常会有恍如隔世的感觉。

徽州古为山越人的聚居地，徽人断发文身，以渔猎为主，服饰大多以动物皮毛及麻为主料。三国时，孙吴政权一统徽州，江南服饰开始渗透到境内。《晋书》云“新安人作歌舞离别之辞”，大致叙说徽人好离家，衣着有宫廷歌舞服饰的风格。南宋伊始，中原文明浸润徽州，养蚕之风渐起，丝、麻、棉等织物风靡域内。至明代中叶，随着徽商的崛起，天下财富聚于新安，徽州民俗开始由简而奢，乃至极尽奢华。归有光在《震川先生集》中记述：“天下都会所在，连屋列肆，乘坚策肥，被绮縠，拥赵女，鸣琴跕屣，多新安之人也。”清至民国，徽州男子服饰主要为长袍、马褂、对襟短褂及掖腰宽筒裤；女子则以齐膝长褂、襦裙为主要衣着，年老妇女还要系上拦腰八幅褶式长裙。

中国古代有“五方正色”之信仰，东方为木之青色，西方为金之白色，

在祭祀活动中着传统服饰的徽人

南方为火之赤色，北方为水之黑色，中央为土之黄色。历来，中原王朝定黄色、龙等色彩、图案为皇家专用，民间不得僭越，否则，有谋权篡位之嫌，面临满门抄斩的风险。各级官员，服饰色彩及图案都有一一对应的规制。明代更是规定男女服饰不得僭用金绣、锦绮、纻丝、绫罗等上等织物，故平民百姓被统称为"布衣"至今。

徽州乡民中，戴斗笠出入于市井者，应为农夫；短褐布衣，紧身兽皮者，应是穿行于山中的猎户；青蓝素色者，当是待字闺中的女子。女子出嫁时，则着一套红色的"离娘衣"，徽州民间俗称"一身紫"。至于丧葬之时，黑白二色的服饰倒是与徽州民居的风格高度一致。明代末年，歙县岁考中，学童们为表达对世道的不满，皆着败酱色的衣服至考场，而非规定的圆冠青服，后被知县傅岩鞭笞责罚。

徽州幼儿常见的服饰为"开裆裤、红布兜、虎头鞋，颈挂长命百岁锁，手戴银手镯"。他们蹒跚而来，色彩纷繁、叮叮当当，煞是可爱。稍长入学堂时，则将发髻绾成圆形，着一身青布衣衫，按先生要求"行如风，站如松，坐如钟"。弱冠之时，大多身形清瘦、腰板笔直、温润如玉。

徽州"一府六县"由于郡内风气不同，衣饰也有差异。清嘉庆年间《橙阳散志》记载，歙县与休宁一带，由于徽商云集、财富冠于邑内，衣饰独胜。婺源人好儒学，习俗诚朴，服饰较为清雅。绩溪风俗极为简朴，乡民大多安守本分，故民谚有曰："唯有绩溪真老实。"黟县地界，土地狭窄而人口稀少，外出经商者寥寥，但山水绝佳，男耕女织，古韵遗风最浓，故南唐名士许坚别江宁而入黟县，触景生情，自内心深处咏出：

黟邑小桃源，烟霞百里宽。
地多灵草木，人尚古衣冠。

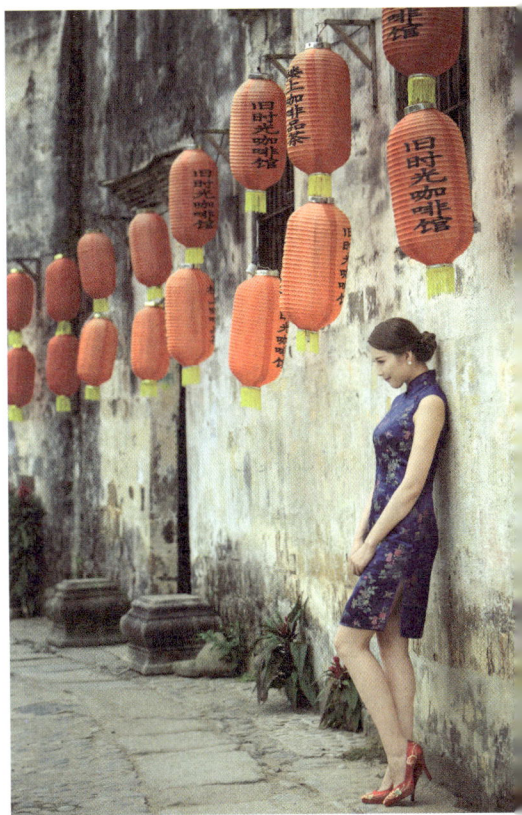

着传统服饰的徽州女子

115

保境安民依乡约

明嘉靖三十四年（1555）农历八月，适逢中秋佳节团圆之际，一股倭寇自浙江淳安顺着新安江大通道气势汹汹地杀入歙县南乡地界。一时间，徽州域内人人自危。号称歙县首镇的岩寺，在方元桢的鼓动下，官民、乡绅纷纷响应，同仇敌忾，建立了《岩镇备倭乡约》，以共御倭敌，保境安民。

魏晋时，推行门阀制度，社会治理采用"三长制"，即"五户为一邻""五邻为一里""五里为一党"，分设"邻长""里长""党长"。此后，"三长制"在元代演化为"都图制"，乃至明清时期的"保甲制"。与其相

对应的是，民国及民国之前，中国社会治理基本上依赖于民间自治模式，形成所谓"国权不下县"的定式。县下自治依赖于乡绅，而乡绅普遍采用伦理德治的模式，乡约制度便因此应运而生。

北宋熙宁九年（1076），吕大钧于陕西蓝田县依靠乡间里老的力量建立了中国历史上第一个乡约——《吕氏乡约》。明正德年间，王阳明在江西赣州为官，创建了《南赣乡约》，以敦化乡民。明嘉靖初年，礼部正式檄文天下，举行乡约。徽州作为礼仪之邦、程朱故里，自不甘落后于他邑。明嘉靖二十三年（1544），南京刑部主事、歙县人郑佐隐退还乡，之后倡议建立了徽州历史上第一个乡约——《岩镇乡约》。

徽州，或以地域为限，形成地缘性乡约，或以宗族为单位，形成血缘性乡约。徽州知府何东序在倡导乡约文中有云："约会依原编保甲，城市取坊里相近者为一约；乡村或一里或一图或一族为一约，其村小人少附大村，族小人少附大族，合为一约。"乡约之功能大致可以概括为教化乡里、弭盗防贼，经济互助、应付徭役，保护山林、维护道德等。

乡约设约正一名，为经众人推选、官府认定的年高有德之人；设约副两名，约赞数人，司讲若干，读书童子十余人，以便约会之日，诵读礼赞。乡约有着严格而完善的管理制度。

文堂陈氏，本源江州义门，于北宋嘉祐七年（1062）自九江德安迁移而来，一直于祁门繁衍至今。《文堂陈氏乡约》融族规、乡约为一体，立约初衷为"人人同归于善，趋利避害"。文堂每年定期举办约会，"每

徽人聚族而居

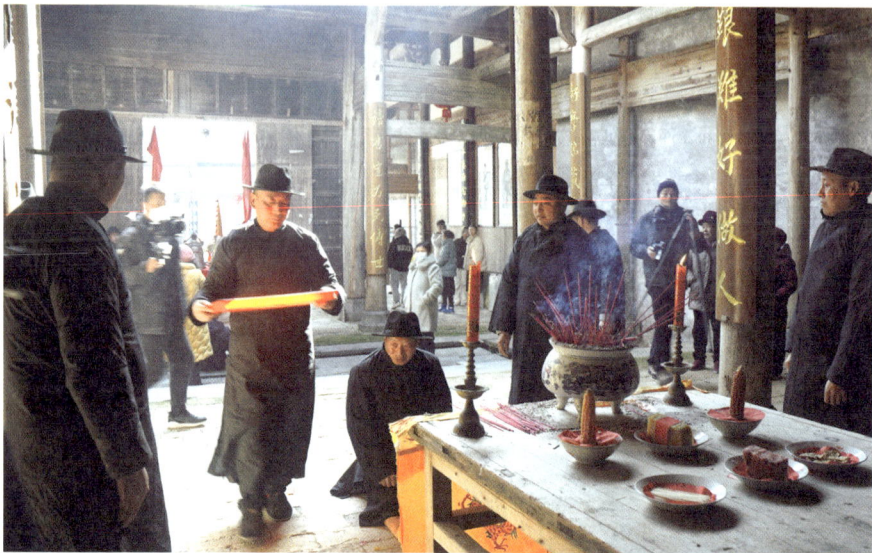

祁门文堂约会

会以月朔为期，唯正月改至望日"。是日清晨，祠堂中高香燃起，村中鸣锣鼓为号，各户长率众弟子衣冠齐整而来，限于辰时毕至。此时，轮值之家应按规制诵读明太祖《圣谕六条》，主持所议之事；十六童子则齐声高唱族规家法，煞是庄严。

《文堂陈氏乡约》赏罚分明，最为后世称道的是设立两扇纪实簿，分别为纪善、纪恶。有善行，及时登记入册；有恶行，情节较轻，初次姑容，再犯必惩。对约内子弟，"有忤犯其父母、祖父母者，有缺其奉养者，有怨詈者……不悛，即书于纪恶簿，生则不许入会，死则不许入祠"。此等处罚等于将人开除族籍，而在明清时期的徽州，脱族孤单之人是很难生存的，可见惩戒之严。

徽州乡约乃民间自治组织，以道德教化的力量维持着社会的宁静与和美，印证着费孝通先生的论断。中国传统的"熟人社会"有别于西方的"陌生人社会"，以约定俗成的习惯代替契约式的法律，维护着乡土中国近千年。

三书六礼论婚嫁

婚姻是家庭的基础，乃"合二姓之好""承万世之嗣"的大事。因而，自西周始，汉民族在婚姻礼仪上便形成了"三书六礼"的习俗。"三书六礼"乃明媒正娶的标志。"六礼"者，为六道礼法，按婚礼流程依次为纳采、问名、纳吉、纳征、请期和亲迎。其中，纳采时的信物必为一只鸿雁，

徽式婚礼一

119

大约取自鸿雁应季必来的习性。"三书"者，乃婚姻之文书，分别为聘书、礼书和迎书，即以书面契约的方式，公证婚姻的合法性与合规性。因此，"鸿雁传书"中的点点浪漫主义色彩更多源自婚俗。

徽州人的婚礼，除遵守传统礼仪之外，还有着自己的特殊习俗，带有很浓的地域特点。其中缘由，或为四海经商的需要，或为世家大族的秉性，或为新安理学的熏陶，或为万山环绕的闭塞。

"天下之民寄命于农，徽民寄命于商。"徽州地贫民多，自产不足以保十分之一，故自明清时，徽人便有外出经商的习俗。为免遭"十三四岁，往外一丢"带来的子嗣传承问题，徽人有早婚的习惯。明代地理学家王士性说："蜀中俗尚幼婚，娶长妇，男子十二三岁即娶，徽俗亦然。然徽人事商贾，毕娶则可有事于四方。"未及弱冠的徽州男子匆匆完婚后，便游走四方，只留下花季女子，侍奉姑舅，独守空房。太平天国战乱后，徽州人口锐减。为恢复人口，当地提倡早婚，直接导致人口素质大幅下降，"学问牵于爱欲，而程度日低；经济繁于食齿，而困难日甚"。

同姓不婚是徽州大族遵从的一个基本习俗。族外婚是人口高质量繁衍的必要，常会上升到法律的高度来要求。《唐律》《大明律》《大清律》对此都有严格规定，违背者，将被处以徒、杖等刑罚。同姓不婚更是一个宗族伦理问题。因人口流散，同姓者往往不知伦次，故而通婚有违背伦理的可能，也会导致人口质量的下降。因此，同姓不婚在徽州逐渐演化、固化成铁律之一。

自魏晋始，中国便形成了等级森严的门阀制度。随着中原大族南迁，门当户对的婚姻观延伸到徽州，并因新安理学渐渐强化而根深蒂固。"门当"与"户对"本是一种器物，分别位于家族祠堂仪门的上方及两侧。在古代，其规制受到朝廷严格约束，其体量往往是家族地位的象征。为强化门第观念，徽州很多大族甚至不惜在家法、族规中严定条律，限制、惩治紊乱婚姻门第之辈。例如，主仆之间倘若发生婚恋，则是冒天下之大不韪，必然会受到惩治。清康熙《徽州府志》云："脱有稍紊主仆之分，

徽式婚礼二

始则一人争之，一家争之，一族争之，并通国之人争之，不直不已。"
因此，为确保门当户对，徽州很多大族之间千年以来形成相互通婚惯例。
通过婚姻，名门望族之间更是强化了亲缘纽带关系。时至今日，绩溪境
内还保留着胡姓、章姓、汪姓等大姓往来通婚的习俗。

　　其外，旧时徽州人的婚姻习俗中还有许多陈规陋俗。其中，抢亲、
童养媳、婢女不予适时婚嫁、不缠足之女不娶等，令人发指。究其原因，
在于明清时期，妇女地位低下，权益无法保障。

无求不应五猖神

五猖面具

五猖之信仰是徽州乃至江南其他区域最为普及、最为复杂、最为有趣的信仰之一。五猖，在徽州民间又有五通、五显、五圣等各种称法，乃五种神灵，具体指向，徽州"一府六县"说法不一，但都隐含着浓浓的神秘色彩，兼具巫、傩、道、释等诸家元素。其中，最为古老的为"五方五色五圣"之说，即东方青帝是太昊、南方赤帝为炎帝、西方白帝乃少昊、北方玄帝曰颛顼、中央黄帝称轩辕。元末，朱元璋与陈友谅在皖南一带鏖战数年，死伤兵士甚多。大明建国后，洪武帝命徽州人家供奉亡灵，这些亡灵每五人为一伍，故曰"五显"。

五显信仰本源婺源，后随徽商而流

传甚广。明清时期，遍布婺源的五显庙供奉着五种瘟神，分别是东方第一位风猖神王、南方第二位狂猖神王、西方第三位毛猖神王、北方第四位野猖神王、中央第五位伤猖神王。此五猖行为诡异，猖狂不羁，性情多变而无常。五猖菩萨的塑像常见为红、黄、青、白、黑五色，皆为武士装束，手执短兵器，膀大腰圆、怒目圆睁、虬髯森森、奇丑无比，震人心魄。

徽人对五猖既敬又畏，且希望借助于它们的神力来辟邪驱瘟，于是，以庙供奉。在婺源乡村，五显庙既不高大，又不庄严，与村落之间若即若离，很多只是搭建在村头水口、路边溪畔，宛如鸡窝一般大小。平日里，村人避之不入，尤其是妇女、小孩，都不敢多看一眼。现存遗址主要分布于蚺城、秋口、江湾、溪头、段莘、紫阳等地，其中江湾境内就有四座。至于深山之中、古道之旁，五猖庙中供奉的五猖大多为徽州群山中常见的五种凶猛的野生动物。路人途经此地，焚香纳贡，希望与其各行其道，相安无事。

五猖庙会，旧时徽州各地皆有，虽时间上差别较大，但都盛况空前，热闹非凡，犹如狂欢节一般。休宁海阳为农历五月初一，婺源江湾为每年七月半，绩溪上庄宅坦为农历九月中旬。五猖庙会中，最有特色的当是"唱五猖""游五猖""跳五猖"。

宅坦村的"唱五猖"持续三天三夜。每天下午及晚上，在京班锣鼓和唢呐的前奏后，宅坦葫芦岭自然村的曹洪骥老先生等便静坐清唱，黑压压的人群不时爆发出雷鸣般的掌声。绩溪县临溪镇高车村的"游五猖"一般在秋收之后，届时会首领头，鸣锣开道，各色旗帜飘扬，鞭炮声、朝天铳声此起彼伏。其间，钢叉队、火流星队大展身手，秋千、抬阁尽情表演，四个壮汉抬着五猖神像巡游于街巷田野。入夜之后，联轴戏将庙会推向高潮。

内容最为丰富繁杂的便是"跳五猖"。偌大的广场上，夜幕下、光怪陆离中，十三神的化身同时出现。东方、南方、西方、北方、中央五

绩溪抬阁

神为正身，各按五行配以青、红、白、黑、黄五色；道士、和尚、土地公、判官为四副身；另有值路、小生各两神角，统称十三身。整场仪式分为破神场收灾降福阵、双行五谷丰登阵、单行双别龙门阵、拜香位敬上阵四大表演阵式，场面宏大，热闹非凡，令人眼花缭乱，目不暇接。

五猖之信仰，变化无常，乃徽人在命运多舛中，希冀借助前人的力量、自然的造化护佑生者。它在不知不觉中演化为生命的无尽狂欢，转变为精神的无拘无束，使得徽人恬淡的村居生活多了几分色彩，有了点滴活力，诠释着另类的谐趣徽州。

五股尖下板凳龙

　　中国东南腹地，皖赣交界处，五龙山自东北向西南一路逶迤，穿过江西浮梁及古徽州的休宁、婺源，成为界山。群山拱卫之中，六座山峰穿云而出。它们因山体浑圆而峰顶突兀，千年以来，被山民们形象地称为"股尖"。海拔1618米的五股尖为休宁县境内第二高峰，人迹罕至，春来杜鹃漫山，夏至竹林如海。竹根之下，股股溪水汇流，不久又从海拔近千米的危岩之上奔涌而下，成为飞瀑。飞瀑砸在深潭中，巨大的声响如群山合奏的韵律。

　　千年古城浮梁所属的瑶里古镇处于五股尖南麓。徽饶古道从瑶里汪湖村一路盘旋而上，如游龙一般，不久乍现于五股尖垭口、皖赣分界点虎头岗。立于岗头，清风徐徐，东望群山如黛，一山高于一山，层层铺展于天际。一个东西走向的巨大河谷，深陷于南北对峙的高山中。五股尖的飞瀑之下，便是休宁县鹤城乡右龙村。100多户人家沿右龙溪两岸绵延，古祠堂、古桥、古亭、古民居次第铺展，粉墙黛瓦掩映在翠绿的竹海下。水口林中，密布着香榧、枫杨、樟树、松树等100多种古树。右龙是红豆杉的王国，树龄达500年的红豆杉有56棵。村东一棵近千年

夕阳下的右龙村

的银杏树下矗立着一块黝黑的石碑，上刻"徽州大路"，印证了明清时期的繁华。

徽饶古道自虎头岗而下至右龙岭，青黑的石板路犹如苍蟒一般在碧绿中蜿蜒了近5公里，将村东、村西的2000多亩古茶园串联在一起。村后至五股尖峰顶的高坡上，密植了几千亩油茶。深秋初冬，油茶花盛开的时候，你可以在晨光微微时，用麦管伸入花的嫩蕊中，吸食着甘甜如饴的花蜜。

被盛誉为"徽州第一生态村"的右龙为张氏家族的千年世居之地。唐僖宗时爆发黄巢起义，天下大乱，张姓始祖自浙江富阳一路迁徙而入皖赣交界处的深山大谷，与世隔绝却生生不息。至明弘治年间，因处于徽饶古道的两省交界处，村中人丁兴旺、财富广聚。之后，一个源于客家人的民俗活动在此生根发芽，并承继了500多年至今，这便是第五批国家级非物质文化遗产代表性项目徽州板凳龙。

每年农历正月十五，板凳龙应时而来。板凳龙分为龙头、龙身、龙尾三部分，其中，龙身由一块块板凳面拼合而成，日常分散在全村100多户人家。板凳面呈六方形，两头留有深孔，以便于串联。龙头与龙尾由竹篾扎成，糊有彩色油纸，平时蛰伏于村正中祠堂的享堂中，只为元宵夜的两个时辰而醒来。

2022年农历正月十五傍晚，天刚微暗，村中便热闹起来。右龙张氏宗祠怀德堂内，传承人点活了龙眼，然后与大家一起簇拥着龙头与龙尾前往村东茶园中的龙王庙。村中壮丁拿着家中的板凳早已聚集于此。每一张板凳上均摆放着三只大红灯笼。此时，鞭炮齐鸣、礼花四起，巨大的声响回荡在山谷中，旷古而悠远。祭祀结束后，龙头、龙身与龙尾合为一体，瞬间成了一条鲜活的龙。烛光点亮，板凳龙幻化为了火龙，盘旋在翠绿的茶园中，接着沿着右龙溪的北岸向村中浩浩荡荡而去。

板凳龙所过，每户人家都会燃放起礼花、爆竹，一时间，整个山村上空五彩绚烂。在硝烟弥漫中，板凳龙来到了宗祠前的广场，龙首向着

右龙板凳龙

仪门，上下穿梭、左右摆动；龙身顿时灵动起来，或呈抱团状，或呈盘旋样，或蹿入云端，或匍匐于大地。此时，舞者呼喊声、观者赞叹声、鞭炮齐鸣声与荡过古树尖的风声融合在一起，煞是壮观。

500 多年后，在吐故纳新之际，板凳龙的表演，以全村户户参与的方式，凝聚着一个古老而常新的家族；以火的力量驱邪避祸，祈愿着家国兴旺、天下太平、风调雨顺；以持续不断的传承，感恩着自然与祖先的馈赠。板凳龙也渐渐飞出右龙深谷、五股尖密林、虎头岗垭口，成了秘境传奇，吸引着山外的人纷至沓来。

风云际会八仙桌

　　与传统中式家具的发展轨迹几乎同步,徽派家具至明清时基本成型。徽州人家,无论世家大族,还是单门小姓,为体面所需,都会在正厅中堂的几案下摆上一张八仙桌。八仙桌整体呈正方形,契合传统哲学中的"天圆地方"学说;每方可端坐两人,坐满即为四方八人,固有"八仙"之雅称。太师椅是与八仙桌相配套的椅子,一般有两把,置于两侧。午后阳光、子夜月华,徽州人家静静的厅堂里,雕花窗格围合中,八仙桌形态方正而结构牢固,犹如一位睿智的老者,儒雅之中带着沉稳。八仙桌因全榫卯连接而牢固可靠、经久耐用,被徽州人家代代传承,直至今日。有些八仙桌经200多年岁月风霜的洗礼,依然完好如初且油亮异常,透出生动活泼的气息。

　　八仙桌结构简单而用料经济,一般由桌面、腿、边及牙板四个部分组成,分为束腰与无束腰两种造型。腿与边主要是硬木材料,坚固而耐腐。桌面用料极为考究,北方人家大多以杏木板拼合;徽州多山,古树遍地,珍稀木材较多,喜好用沉重厚实、质感细腻的红豆杉、榉树、虎骨木等板材拼接。但即使是在深山中的徽州,要拼出一套百年以上的红豆杉桌面,

八仙桌

也绝非易事，因而人们使用起来倍加珍惜。八仙桌漆色讲究，大多先用桐油涂抹三遍以上。深宅大院，栗壳红显得威严庄重；新居落成，枣红色更添喜庆；堂前有天井的，不妨漆成琥珀色，与天井中的花草相互辉映，顿时蓬荜生辉。

徽人大多聚族而居，一家有事，举族而动，倘若遇到婚丧嫁娶、寿诞生辰等，大办筵席则成为必然。于是，村民们之间会临时借用桌椅板凳，以备不时所需。但由于徽州古村落空间逼仄多小巷，庞大而沉重的八仙桌搬运十分不便，同时也难免会出现刮擦碰撞，影响使用寿命。于是，大多数人家都用俯拾皆是的杉木料打制一张简易的小方桌以替代，若非情不得已，是不会让八仙桌迈出自家门槛的。其外，有些徽商人家的厅堂山墙边还常常放置有一张半圆形的"合欢桌"。此桌一般有两张，一旦出外经商的男主人返家，便会"破镜重圆"，拼合在一起，因而也被徽州民间形象地称为"鸳鸯桌"。旧时在徽州，"鸳鸯桌"在厅堂中完整出现是村中其他成年男子可以自由入宅的无声符号。

徽州人家向来与世无争，日子过得静谧而恬淡。一旦有了喜事，村中顿时便灵动起来，八仙桌也成了纵横捭阖的舞台。儒家因重名分而被称为"名教"，而新安向来好儒。八仙桌是礼仪徽州的物化展现，尤其是轻重之分、位序之列，更是朱熹理学对徽州日常生活的自觉化渗透。

婚庆之日，厅堂大门洞开，八仙桌摆放整齐，桌缝与中堂下的几案平行，阵势浩大。按惯例，首先要分清主次之席，然后才是座次之分。主席一般摆放在正厅的北部东向，次席顺次而往南向铺展。两侧山墙上悬挂着来宾的贺彩，与席位呈一一对应态势。一桌之中，座次之分，当然要依据儒家伦理的尊卑贵贱、亲疏老幼，具体如下：北向之位安排两人，为本桌最为尊者，常常可坐太师椅，其中，东向之位为本桌之桌长。其他位次，按照"以左为尊，靠近长者"的原则逐个厘清。至于与北向之位对应的两个南向座席，安坐的是主人为营造欢快气氛、更好服务客人而请的本族之中能言善辩、精通礼仪之人，民间一般戏称为"酒司令"及"端菜官"。为避免座次混乱，管事者会事先将来宾姓名与桌位一一

鸳鸯桌

列于红纸上。

徽州的一场旧式婚礼，流水席会举办几日，婚庆的桌长则会因时日不同、主题不同而有所区别。第一日贺庆，男方的亲朋好友会先期抵达，选择其中最为尊贵者为桌长；迎亲之日，接亲队伍劳苦功高，鸣炮启程前、接亲而归后的宴席，当然是从他们中选择出桌长；婚礼当天，新娘的娘家舅为大，选其为桌长；婚礼完毕答谢之时，族长是理所当然的桌长人选。

徽州民间有"无事不摆八仙桌"之说，故平日里，八仙桌的一半会缩进几案之下，且两侧端放太师椅。若非逢年过节办喜事，一旦八仙桌摆开了，便是借酒议事。八仙桌上，一言既出，驷马难追，"摆在桌面上的话"有"一诺千金"之效，言而无信者日后会成为乡党们鄙视和唾弃的对象。因平常琐事而拍人家八仙桌的，则被视为踩了红线，往往会引起绝交等严重后果。桌上乾坤大，茶里氤氲长，小小一张八仙桌成了徽州人家风云际会的场所，催生出了无数个徽州往事，让后人追忆不断。

三朝回门归宁宴

　　《诗经·周南·葛覃》有言："害浣害否，归宁父母。"归宁，指出嫁的女儿回门探望父母，故朱熹《诗集传》记述："宁，安也。谓问安也。"徽州向来有新婚三日后，新娘偕新郎回访父母家的婚俗。此时新郎的身份已转变为新婿——在中华文明中，历来尊女婿为"娇客"，需善待有加。徽人更是将新婿的地位捧得极高，徽州素有"丈母娘见女婿，犹如见皇帝""女婿上门活祖宗"等说法。回门饭，在徽州俗语中也常常被称为"接女婿"。此日，岳父家中张灯结彩，宾客齐聚；小舅子会代表全家雇辆小车亲自上门迎接。

　　晌午之时，坐在小车上、满脸欢喜的毛头女婿，还有那骑在毛驴上、穿着大红褂的新娘，双双回门。刚到村头，他们便被好客的村民们围了起来。新婿忙从红布袋中抓一把喜糖撒向人群，孩子们欢快地捡拾着；随行的人也会将喜糖分发给众人。不久，桥头香樟树下鞭炮齐鸣，场面异常热闹。接亲的族人会一路燃放大地红，直至岳父家高大的门楼前。此时，岳父家中已是高朋满座，人头攒动；八仙桌一一摆在高堂前，阵列威严、气势壮观。新婿挨个拜见诸位亲长后，要先吃三茶，分别为清茶、枣栗茶、莲子甜茶，再吃咸蛋和肉丝盖浇面，为即将到来的盛大酒宴略作铺垫。

重山中的徽州人家，平常日子恬淡而舒缓，村中静谧得仿佛没有一个人。但一旦遇到大事，徽人便举族而动，摆上一桌桌宴席，故有百家宴之说。即使是与婚姻相关的，便有定亲宴、迎亲宴、梳头饭、结婚宴等，但唯有回门宴被称作"坐独席"：与所有的宴席不同，中堂、几案之下，主席正上方正中的位置，只是郑重地摆放着一张太师椅，以显对新婿的尊重。依徽州旧俗，新婿落座前，需将独坐的太师椅移至西边位置，以虚空东向的首座之位。徽人好礼，倘若不懂礼节端坐正中或移向首座，便会被视作缺乏家教、傲慢无知，除日后常常受人诟病外，还会被岳父家族中的好事者当场摆弄得无法下场，出尽洋相。

正午时光，随着鞭炮声的响起，宴席正式开始。徽菜式样繁多，但回门宴的头菜必为鸡，末菜必为鱼。鸡头、鱼尾上桌时，照例都要

回门宴一（吴孙民　摄）

回门宴二（吴孙民　摄）

朝向新婚，寓意"有头有尾，善始善终"，其中，既有满满的祝福，也有诚挚的劝慰。丈母娘还要亲手烧制一道辣子鸡，活蹦乱跳的一只大公鸡，宰杀洗净后，从头到尾切成小块，独留一对完整的鸡腿，下锅大火翻炒后，清香扑鼻。倘若女婿不当场吃下鸡腿，便会被视作对丈母娘的不敬。

　　首席只有七人，新婚独坐一方，必须"以一当六"。徽州的回门宴，饮酒的礼数经千年形成，周到有序：落座后，暖肚酒先来两杯，开席酒、敬酒、团圆酒各一杯，六个陪客先后敬一杯，新婚当然要一一回敬。宴席过半，微醺之际，徽州圆子上桌时，鞭炮再响。岳父领着已为人妇的女儿郑重地来到新婚前，亲自浅浅地斟上一杯，也不言语，接着翁婿对望，心照不宣地一饮而尽。与父亲亲手将女儿交于男方的西式礼仪相比，儒家伦理熏陶下形成的徽州礼仪更显得含蓄委婉而意味深长。此时，百感交集的老泰山已是热泪盈眶，新婚心中敬畏之情油然而生。

　　回门的午宴总是漫长而充满温情的，是一个家族对新婚的赤诚接纳。按徽州旧俗，归宁的新婚夫妇必须要在日落前回到自己的新家。于是，在冬日的徽州田野中，常常会看到醉醺醺的新婿拎着一只红毛公鸡、一只黄毛母鸡跌跌撞撞地行走。再过三五天，男方要挑选良辰吉日，正式将岳父家的直系亲属请来会亲。待到农历新年时，新婚夫妇会备好厚礼，再一一登门拜会岳父家族的直系三代，两个家族在礼数往来中渐渐地融合在一起。

万人空巷上梁时

　　"四梁八柱"是中国古代建筑的主体结构，后衍生为国家构建的基本框架，至于"雕梁画栋""栋梁之材""余音绕梁"等成语，都形象地说明"梁"在中国传统建筑中的至高地位。千年以来，"耕者有其田，居者有其屋"一直是中国人的基本梦想，即便是诗圣杜甫，也在秋风中疾呼："安得广厦千万间，大庇天下寒士俱欢颜。"

　　《汉书·元帝纪》有云："安土重迁，黎民之性；骨肉相附，人情所愿也。"徽人聚族而居，从来一姓只居一村。安居方可乐业，因而，徽人历来把建房当作人生头等大事。徽州民居大多为木结构，寻常人家只是用坚硬的松树、杉木等，富商巨贾、强宗大姓则皆以珍稀昂贵、质感细腻、适于雕梁画栋的红豆杉、白果树、香榧等为主材。婺源县江湾滕家巷的白果厅，其正梁、方柱、板壁、厢门均以白果树为材，因四面通透、清新雅正而从无蜘蛛结网、害虫出入。

　　徽州境内群山莽莽，怪石嶙峋，林木繁茂。民居多以青石条为基础，中为木结构，梁、枋、斗拱、桁条、椽子等穿行其间，上覆黛瓦，四周再以青砖砌墙。徽州的粉墙，虽然雪白而高大，但仅为遮蔽风雨、

架梁仪式（朱志翔　摄）

闭合空间所用，不是承重所在，故而民间有"墙倒屋不塌"之说。徽人建房，最为隆重的仪式当为上梁。此时，工程已过大半，主体结构基本完成，一旦正梁就位，就标志着新居即将落成，漫长的建房周期将进入高潮。其中，偷梁、请梁、画梁、赞梁、祭梁、架梁及抛梁是仪式中不可缺少的组成部分。

　　上梁之"梁"当指堂屋的正梁。不知何故，山中人家建房上梁历来有偷梁的习俗。掌墨师傅会提前一个月在四维山中转悠，倘若看中谁家山场中的梁木，在架梁的前夜便会招呼众人前去砍伐。是夜，三炷香过后，众人一顿刀砍斧劈，接着在树倒下的那一刹那将其合抱而起。然后，掌墨师傅会将一个价值相当的红包郑重地放在残墩上。最后，大家将梁木一路悬空抬回家中，架在早已支好的一对"座马"上，即从头至尾不让梁木落地，以免玷污、亵渎了"梁神"。被偷的山场主人家即便看到，也不报官，只是在村头一顿痛骂，以配合建房主人家偷梁的做法，因为徽州人深信，越骂越发。画梁是掌墨师傅将正梁所用树木去侧枝与皮，平削出四棱，雕琢至横截面呈扁圆形，两头滚圆壮硕，中间微微隆起，再刻上弯月一般的细纹，有时还画上八卦图案。远远看去，正梁犹如弯月，又似冬瓜，故徽州民间一般俗称其为"冬瓜梁"或"月梁"。

次日上午九点左右，正逢黄道吉日，前来庆贺的亲朋好友，络绎不绝。主人家备好糕点、糖果，人人脸上洋溢着阳光般的笑容，一串串大地红鞭炮堆放在空地上，现场一片欢声笑语，气氛喜庆极了。此时，包着大红绸缎、中间斜插着两枝金花、两头分别挂着棱形空心木槌的正梁已被摆在堂屋中间。掌墨师傅站在正梁的正中，开始了赞梁与祭梁仪式。只见掌墨师傅筛酒祭天地后，用利斧宰杀毛艳冠红的雄鸡，将鸡血分别点洒到正梁的东、西两侧及中部，口中同时高声念赞：

伏羲，伏羲！手拿金鸡似凤凰，生得头高尾又长。头高顶得千担米，尾长挂得万担粮。金鸡不是凡家鸡，王母娘娘报晓鸡。一更二点它不叫，三更四点它不啼，金鸡正好五更啼。

祭梁仪式（朱志翔　摄）

文官听到金鸡叫，正是上朝时；武官听到金鸡叫，正是点兵时；王母娘娘听到金鸡叫，正是挑花绣朵时；东家听到金鸡叫，正是架梁时。

鸡血点梁东，代代儿孙做贵公；鸡血点梁西，代代儿孙穿朝衣；鸡血点在梁中央，荣华富贵万年长。

唱赞之时，每一停顿，众人便齐声叫好，以示回应，此为"接口彩"。唱赞刚完，大师傅就高声宣布架梁开始。此时，锣鼓喧天、鞭炮齐鸣、礼花乱蹿，正梁缓缓升至两个主柱之间，严丝合缝地卯在一起，上梁仪式进入最高潮。村中人家则空无一人，人们皆蜂拥到正梁下，昂头等待。梁上的大红绸缎迎风飘扬、猎猎作响。师傅将糖果、糕点抛向人群，密集得犹如雨点。人们你争我抢，喜笑颜开。鞭炮声依旧此起彼伏，一团团硝烟升腾在空中，久久不散。此为抛梁也。

行到溪山愁绝处

人生一世，草木一秋，故孔子在川上曰："逝者如斯夫，不舍昼夜。"汉代《薤露》有云："薤上露，何易晞。露晞明朝更复落，人死一去何时归？"《庄子·知北游》："人生天地之间，若白驹之过隙，忽然而已。"在生死大事前，国人重死胜于重生。慎终而追远，是国人借助一套繁杂的礼仪与习俗来表达对逝者的哀思、先人的敬畏，进而彰显生者的品性与德行。丧葬礼仪自《周礼》开始，后经过漫长的演化，至南宋朱熹《文公家礼》的成文，才逐渐形成一套完整而系统的规制。

徽州为朱子故邦，新安理学滥觞之地，尊朱子之学为正宗、正统，连丧礼也不例外。《文公家礼》卷四为《丧礼》，它是所有礼仪中内容最多、程序最为繁杂的部分，分为丧、葬、祭三大部分。古徽州"一府六县"，"丧祭遵文公家礼，浮屠间用之"，在遵从朱子丧礼的同时，逐渐简化、优化，形成了具有本地特色的习俗与礼仪，如休宁《茗洲吴氏家典》制定的丧葬仪礼，大约有 20 道流程。

明清之际，有民谣曰"生在苏州，长在扬州，死在徽州"，大抵是描述徽州人普遍重视丧葬之礼，相信死者能给生者带来无尽的好运。徽人对死的重视，从以棺木当嫁妆、五六十岁便开始置办棺木等习俗中可窥一斑，民谚曰"六十不办前程，死倒别怪儿孙"。徽人对棺木的材质异常讲究，民间有"一柏二杉三梓楸，槐桑枣榆是中流，楝树不做寿材用，杂木泡桐次杨柳"之说。至今在徽州很多大姓祠堂的二楼依然可见到横七竖八码放着的棺木，置身其间，森森然。

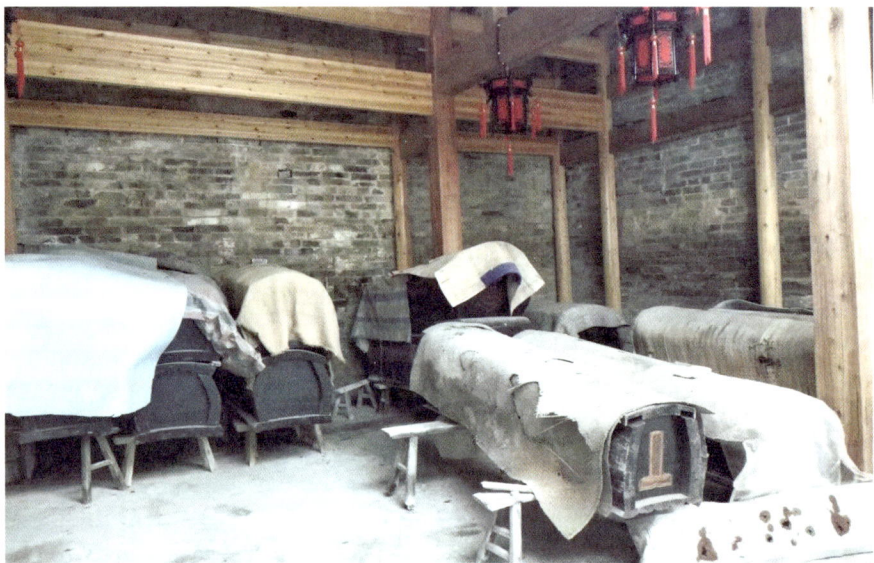

祠堂中码放着的棺木

报讣即向死者的亲朋好友报丧，一般派有专人。在婺源、祁门两县，报讣者手持一把雨伞进门，先将伞头朝下放在堂屋左边或八仙桌下，再一言不发地坐在上门头，主人家一看便知。报讣的帖文有着规范的体例，以为父母报讣为例，流传于徽州乡间的清代手抄本《东帖体要》记载："父死曰'先考'，母死曰'先妣'（考者言其德行之盛，妣者言其媲美于考也——原注）。父丧称'孤子'，母丧称'哀子'。"讣文中男称"寿终正寝"，女称"寿终内寝"。

入殓礼俗，徽州与外地差别不大，但在婺源等地，直至民国时期还保有穿明代服饰的习俗，有"生虽降清，死不降清"的决然之意。土夫是徽州本乡本土中专门挖土、抬丧之人，一般由死者子孙与房长一并下跪相请，被请之人从不推辞。抬棺的圆木，在徽州民间一般被称为龙杠，有单龙杠及双龙杠之分。死者入土后，抬工要"发龙"，即由两人抱着龙杠向山的上坡跑去，跑得越快越好，此时家属会及时散发"发龙糕"。

徽州丧礼中，最有特色的就是"请七"。从死者去世之日算起，每七日为"一七"，逢七必祭，直至"七七四十九"日。其中，"三七"俗称"回呼日"，烧香摆供要特别周到；"六七"是死者女儿专祭日。时辰的安排，头七最早，需打着火把，祭祀完毕后方返程吃早饭；"七七"要安排在中午辰光，祭祀完毕，需将家中和丧事有关的物品全部焚化，俗称"脱孝"。其后，新坟的祭祀还有百日祭、周年祭。周年祭之后，家人只是在清明、七月半及冬至之日进行祭祀。不过，次年的清明，新坟所挂纸钱要为粉红色；上坟必须在春社日前，俗语曰"新坟不过社"。春节之时，逝者人家大门的春联一律不能用大红纸张，而是用绿、蓝、黄等颜色纸张替代。倘若孝子为官吏，更有结庐于父母坟前守孝三年的旧制，此为"丁忧"。明清之际，徽州民间尚存父母亡后三年子女不得结婚的旧俗。

客居福建的徽州人朱熹，一生坎坷，饱尝生死离别之苦。朱熹少年亡父，与母亲祝氏相依为伴；中年失妻，爱女又不幸夭折；晚年丧子，再逢庆元党禁之害。南宋淳熙六年（1179），朱熹受朝廷之命，知南康军，行前他专程去祭拜结发妻子刘氏之坟，并赋诗《唐石雪中》：

春风欲动客辞家，霖潦纵横路转赊。

行到溪山愁绝处，千林一夜玉成花。

石上人家塝中田

徽州多山，白际、天目、怀玉、五龙诸山，一路逶迤，直奔而来。山中危崖绝壁密布，石林纵横，故而盛产石材。凤凰石出于邑内，茶园石多采自浙江淳安。黟县所产之石，色青质韧，意蕴雄浑而深沉，故名"黟县青"。徽人择地而居，恬淡闲适地生活于群山之中、溪水之畔。因地势高低不平，夏日山洪汹涌，谷地中的徽州人家，或缘山筑塝，耕种于塝前；或垒石为塝，居于塝上。时间长了，这些石塝已深深地嵌入民居、青山与田畴之中，成为徽州村居生活中不可缺少的元素。

休宁县鹤城乡樟源里村，为方姓人家世居之地。自五龙山逶迤而来的千溪百水在宗祠树德堂前合流，直奔水口而去。为藏风纳气，人们在村子的入口处砌有一巨大的石塝。石塝高 5 米左右，将谷地拦腰截断，只留下一扇狭窄的石质拱券门供行人出入，门上书有"石门胜概"四个苍劲有力的古体字。整个村落在石墙之后，静静蛰伏。跨水口桥，入石门，千年的银杏、香榧、红豆杉簇拥而成的古树林，依然生机勃勃。沿大坑水的石板路拾级而上，可见一座规模宏大的徽商人家。推门而入，和暖的阳光洒在屋后的山坡上，目中乍现徽州境内唯一的一座"空中花

园"。此花园沿山而建，以石塝砌边，一层宽于一层，呈层层递进态势。塝中厚土之上，花草繁茂，果蔬飘香。起居之间，时时皆可见到云中锦绣，崖上飞彩。

歙县石潭坝坑村，因矗立在石塝的海洋中而被当地人昵称为塝坑。坝坑人砌塝拦水，筑塝造田，依塝修路。徽州石匠将山中盛产的片片青石根据几何形状及大小严丝合缝地拼在一起，在坡形地中硬是造出一个个平整的石塝来，然后在其上建房。有的人家房舍更是一半冒出塝外，一半挂在塝上，形成挂塝楼的奇观。大大小小的石塝连接在一起，便成了坦。村民们晒谷打场、议事聊天乃至一日三餐都在坦中，久而久之，对塝与坦产生了浓浓的情感。每年大年三十，坝坑村都要举行隆重的"祭坦神"活动，村民们家家奉出美食，焚香叩拜；主祭人将祖先名号及生者姓名一一道来，希冀坦神护佑全族子弟，来年平安。一条条青石板路穿行于村中，将错落有致的塝上人家串联起来。漫步村内，几乎见不到一块裸露的黄土地。

皖浙一号线穿璜田，过长陔岭，便进入歙县南乡深山之中。一条狭窄而曲折的小道仿佛挂在巨大的山体之上，直通海拔 800 米之上的千年古村仙源。此村因三山环抱，梯田形似蜈蚣，后改名为蜈蚣岭。1968—1981 年，蜈蚣岭村的全体村民凭愚公移山之志，以十多年为计，投工 121 万个，凿石 70 多万立方米，填土 50 多万立方米，砌成高低不一、长短有别的石墈 700 多条，硬是在里四坞、上坦岭之上造出 1000 多亩的茶园来。初春之日，立于岭头鸟瞰蜈蚣岭村，可见暖黄的夯土人家零零散散地镶嵌在石墈梯田之中，被一层层绿带一般的茶树缠绕着；不远处的新安江水浩浩东去。

岭脚村石头屋

休宁县汪村镇岭脚村，一条古道自明代开始便穿过村后的平鼻岭，蜿蜒十余里。时光仿佛在此停驻了数百年，村内到处都是高大错落的徽派建筑。这里面居然隐藏着三栋独特的小屋：树皮屋、杉木屋及石头屋。尤其是建在石墈之上、爬满青苔的石头屋，四平八稳、厚重悠远。石头屋门扉半开，幽暗的室内，有一道阳光斜斜地射入，仿佛可以看到一位高僧正在打坐、诵经。不远处的河畔，青石垒成的半月形池塘内，冷水鱼为争食而发出阵阵哗哗声。

深山中的徽州古村落，土地贫瘠而稀少，物产有限而珍贵。为生存所需，徽人一生与山为伴，耕山种山，以执拗而坚韧的个性，一锤一凿，刻石成花、琢石为家，让袅袅炊烟自冰冷而坚硬的瘦石中升起，让茫茫群山成为生生不息的家园。

第六章　家仇国恨著春秋

七日一徽说 / 拙笔点徽州

家仇国恨著春秋

两宋之交，四海沸腾，围绕着家国天下，徽人及与徽州相关联的能臣名将同敌人展开了一场生死角力，绘就一幅波澜壮阔的历史画卷。在大江东去的奔流中，浮现出主和宰相汪伯彦、抗金英雄岳飞、一代大儒朱熹、千古佞臣秦桧、方志学家罗愿及草莽英雄方腊。他们出现在关键的时间点上，以自己的一言一行或多或少、或隐或显地影响着历史的进程，成为民族共同记忆的一部分。

北宋崇宁二年（1103），祁门人汪伯彦高中进士，开启了其长达38年、为后人所不齿的官宦生涯。

岳飞墓

此前，在故乡准备科考的汪伯彦受祁门县令王本之邀，以塾师的身份从教于英才馆。王本的家侄——少年秦桧自遥远的金陵而来，成了汪伯彦的门徒。汪伯彦官运亨通，一路升迁到高宗朝的右仆射。南宋绍兴元年（1131），秦桧深受高宗宠幸而成为宰相，延续着汪伯彦的求和、割地、赔款政策，极力打击以岳飞为代表的主战派。此时，罗汝楫成了秦桧反战主张的强力执行者。

罗汝楫为古徽州歙县呈坎人，北宋政和二年（1112）进士。岳飞案发时，为执行秦桧的绥靖之策，身为殿中侍御史的罗汝楫与监察御史万俟卨一起诬陷岳飞，并以"莫须有"的罪名最终将岳飞及其子岳云斩首于大理寺狱中。南宋绍兴十一年（1141），镇江知府刘子羽也因极力抗金而卷入此案，并遭罢官遣返回乡。刘子羽，福建武夷山五夫镇人，北宋末年随父亲——越州知府刘韐入浙江。北宋宣和二年（1120）二月，方腊的义军进攻越州，遭刘氏父子的镇压，刘子羽因获战功得以荣升。靖康元年（1126），刘韐转战河北、河东。开封沦陷后，他作为使臣入金营谈判，

秦桧夫妇跪像

最终为保全气节而自缢身亡。为一雪父仇国耻，刘子羽追随抗金名将张浚驰骋川陕，后因战功卓著而名声大噪。

1144年，回归五夫镇的刘子羽受好友朱松生前所托，收朱熹为义子，并在"潭溪之上，屏山之对"处修建了紫阳楼，以供好友孤儿寡母起居之用。从此，朱熹与母亲祝氏开始了长达数十年的五夫生活。紫阳楼前，白莲盛开，半亩方塘含纳着天光云影。少年朱熹在四季常青的樟树下日日诵读，望着自远山而来的潭溪淙淙不断，催生出了"问渠那得清如许？为有源头活水来"的名句。2年后，刘子羽驾鹤西去。南宋淳熙五年（1178），朱熹受义兄彭城侯刘玶的委托，为义父撰写并亲书《刘公神道碑文》。800多年后，高3.7米、宽1.5米的刘公神道碑依然矗立在武夷山武夷书院内。碑文共3631字，额首之字为篆刻，出自湖湘学派的集大成者张栻。

"呈坎双贤里，江南第一村"，这是返乡的朱熹对歙县八卦古村呈坎发出的赞誉。呈坎罗氏，唐末从江西入徽州，渐渐成为望族，以文章名扬乡梓。南宋淳熙二年（1175），《新安志》十卷刊印。此为安徽省仅存的宋代志书，因体例完备、章法严密、注重民生与物产而成为方志史上的扛鼎之作。它与范成大的《吴郡志》齐名，被后世奉为研究徽学的首选之作。《新安志》的作者罗愿为南宋乾道二年（1166）的进士，乃罗汝楫的嫡生第五子，颇为新安理学的开创者朱熹所推崇。岳飞入土为安后，徽州民间有谶言曰："罗汝楫之子必死于岳武穆之手，以谢冤罪。"颇为诡异的是，元脱脱在《宋史》中记述："（罗愿）知鄂州，有治绩，以父故不敢入岳飞庙。一日，自念吾政善，姑往祠之。甫拜，遽卒于像前。人疑飞之憾不释云。"

呜呼，大是大非前，如果丧失民族气节，即使如秦桧"书法文学皆臻高品"，罗汝楫卒封新安开国侯，也会被后人唾弃。"风流总被，雨打风吹去"，唯有清风明月，永续不绝。

十户之村尚诵读

　　"十户之村，不废诵读"，元末徽州著名学者赵汸在《商山书院学田记》中用极其生动的两句话描绘出了一个书声琅琅的徽州。徽州大族于中原衣冠南渡后，好儒之风得以传续与弘扬。徽州士子，择林泉佳美之地、鸟语花香之所、优雅静谧之处，设私塾、筑精舍、建书院，传家学、教小学、授大学，其乐融融也。

　　徽州子弟，无论出身贫富贵贱，均少时开蒙，故及至成人后，或从举子业，或谋稻粱术，皆受益于儒学。靖康之乱，宋室南迁，理学的重心也随之转向江南，加之客居福建的朱熹两次返乡省亲，开坛讲学，亲授徽州门徒十二人，徽州文风渐起，新安理学之风劲吹。自唐至明清，徽州书院数量一直稳居中国府州前列。被文风润泽了千余年的徽州，成了"礼仪之邦"、文献的海洋。

　　绩溪上庄宅坦，北宋景德四年（1007），安徽最早的书院于此设立。宅坦胡氏，为婺源考川明经胡的后裔。925 年，胡氏一世祖胡昌翼高中明经科进士。因源出大唐昭宗李晔，昌翼公辞官不做，寄情于黄老，教化于乡梓。明经胡考亭学派的文脉随着昌翼公长子胡延进传续到绩溪上

古紫阳书院牌坊

庄，其后发扬光大，硕果累累。胡延进后世子孙中，尤以新文化运动的代表人物胡适最为著名。

紫阳书院，南宋淳祐六年（1246）始建于歙县府城南门外，明正德年间迁至府城之紫阳山麓，以宣扬宋明理学为主旨，后经 11 次重修，始终为古徽州书院之首。乾隆曾御赐书院"道脉薪传"四字，以彰显其绵延近 600 年的文脉史。如今，拾阶古道中，书院旧迹依然，尤其是高大的古紫阳书院牌坊矗立依旧。登临山顶，北望黄山绵延似龙，南看练江逶迤如带。

歙县石门，曾就学于紫阳书院的休宁人朱升退隐于此，设枫林书院授徒讲学。元至正十七年（1357），朱升一人独立府城门下，冒万箭穿心之险，劝降守军。1 年后，朱元璋久攻婺源不下，在繁忙的战事间隙，亲访枫林书院。朱升于书院之中纵论天下大事，定"高筑墙，广积粮，缓称王"九字方略，终成就大明 300 年基业。

徽州书院培育的子弟出将入相者如恒河沙数，即使留在邑中者，也大多身怀绝技。这从张心斋《洪愫庵玉图歙问序》中记载的一事可窥一斑。明嘉靖年间，独领风骚 20 年的"后七子"领袖王世贞领三吴两浙才子近百人，到徽州开启黄白之游。来者大多各擅一技，国中鲜有能与之匹敌之人。与王世贞并称"南北两司马"的徽州西溪南人汪道昆号令邑中士子以技博技、以艺对艺，"以书家敌书家，以画家敌画家，以至琴弈篆刻、堪舆星相、投壶蹴鞠、剑槊歌吹之属，无不备"。结果，江浙才子大败，"弇州大称赏而去"。

　　家学、私塾、精舍、书院与县府官学一起构建了一个完整的徽州教育体系。徽商发迹之后，回报桑梓的重要方式之一便是兴族学、置族田。族中才俊在科举之路上，皆有膏火之资。徽州书院犹如纽带一般将徽人从少年时代便捆扎在一起，此后，他们无论散落何方，都会迅速聚集，重构一个徽州之外的大徽州。

宏村南湖书院

为有源头活水来

　　源头活水，哺育一渠清溪；急浪翻滚，方需中流砥柱；百川归海，才知有容乃大。自南宋始，武夷山五夫镇的一眼深泉汩汩而出，漫过千里，以化育之力滋润着徽州大地，使得新安理学应运而生。

　　南宋绍兴十一年，被秦桧诬陷而遭罢官的镇江知府刘子羽黯然回到故乡福建武夷山五夫镇。之后受尤溪县尉、婺源人朱松生前所托，刘子羽收 14 岁的朱熹为义子，并建紫阳楼以供好友孤儿寡母起居之用。紫阳楼背靠屏山，静卧在潭溪之畔，掩映在茂林修竹之中。楼前半亩方塘清澈见底，秋高气爽之时，天光云影倒映在秋波里，少年朱熹从此开启了其传奇的一生。

　　南宋绍兴二十八年（1158），28 岁的朱熹弃舟马而徒步，跋涉 300 里至福建南剑州，以精诚之心乞拜父亲生前同窗好友李侗为师。朱熹自此弃佛从儒，构竹林精舍广收门徒，于八闽大地开闽学之流。南宋淳熙三年，集理学之大成的朱熹第二次回归故土婺源，于九老芙蓉山植 24 棵水杉，亲授十二门徒。从此，新安理学大昌，徽州文脉渐起。

　　南宋乾道三年，名相张浚之子张栻主持湖南长沙岳麓书院、城南书院，

鹅湖书院

盛情邀请朱熹前来讲学。朱、张二人联手会讲，一时听者云集。湖湘学派的薪火自胡安国、胡宏始，传至张栻之手，与闽学汇流，成就万千气象，孕育出王夫之、曾国藩、左宗棠等国之栋梁。

南宋淳熙二年，吕祖谦自遥远的浙东而来，与朱熹以及陆九渊、陆九龄兄弟在江西信州鹅湖书院开启了为期三日的鹅湖之会。鹅湖之会是中国哲学史上一次重要的思想碰撞，理学与心学自此呈并流之势，滋润了中华儒林近千年。淳熙六年，朱熹知南康军，重修唐代白鹿洞书院，并亲自拟定《白鹿洞书院教条》，这成为后世书院无不遵从的教学纲领。1181年，朱熹亲邀陆九渊至白鹿洞书院，开讲"君子喻于义，小人喻于利"。陆九渊慷慨大义之言，令朱熹与其他听者无不动容。

自朱熹上溯，经李侗、罗从彦而至杨时，乃闽学之脉络。湖湘学派的张栻受教于胡宏，胡宏也脉出杨时。北宋元丰四年（1081），杨时专程至洛阳投师于程颐门下，成为程门弟子，并留下"程门立雪"的千古佳话。洛阳学派的开创者程颐、程颢兄弟，其先祖为东晋新安首任太守

157

伊川书院

程元谭。如今，渐江之畔，花山谜窟旁，程氏统宗祠依然耸立，清代乾隆御赐的"洛闽溯本"匾额、"宸翰"石碑依旧完好。元谭公墓坐落于棠樾牌坊群不远处的郑村镇向皋村冷水铺，成为徽州四大古墓之一。

　　洛阳故地，不足千平的伊川书院，为洛学、闽学、湖湘学、新安理学共同的源起之地。徽州文脉以新安理学为发端，历经学、朴学、新学而生生不息，绵延不绝。

"横绝一世"戴东原

清雍正元年腊月二十四日，横江之畔的休宁隆阜，寒风肆虐，雷声震耳。这时，一个小商贩家中，清乾嘉学派的巨擘戴震呱呱坠地。幼年的戴震就显示出与商人家庭截然不同的特质，好诵读而勤思考。戴震10岁时便日读数千言而不忘；17岁时就通览《说文解字》；20岁时师从皖派经学之奠基人、婺源人江永，尽得先生天文、地理、算学、声韵之精髓。

此后，戴震专心于治学，潜心于著述，在筹算、名物、训诂等领域颇有建树，尤以《筹算》《考工记图注》《勾股割圆记》《尔雅文字考》等闻名于世。乾隆十九年（1754），戴震至北京歙县会馆，游学于京师，其间遍访名家，与纪晓岚、王昶、朱筠等名士交往甚密。乾嘉学派的领军人物钱大昕盛赞戴震曰："真是天下奇才。"乾隆二十一年（1756），举人戴震受聘为礼部尚书王安国的家师，传道于其子王念孙，后传道于段玉裁。

1757年，烟花三月的扬州，皖学巨匠戴震与吴学大师惠栋相会于两淮盐运使的官邸，从此，吴派汉学与皖派朴学汇流。戴震中举后六次会试不中，之后应《四库全书》总纂官纪晓岚之邀，以不仕之身参修《四

"隆阜戴氏"残碑

库全书》，校勘天文历法、地理算术、语言声韵等古籍，使《仪礼集释》《九章算术》等先人成就得以从史海中钩沉而出，彰显于世。乾隆四十年（1775），戴震被特准参加殿试，最终位列三甲第四十三名，赐同进士出身，授翰林院庶吉士。

戴震涉猎广博，精通经学、史学、易学、文学、考据学、声韵学、校勘学等门类，对天文、历算、考工等自然科学也有研究。其在训诂学领域，以《尔雅》《说文解字》《文心雕龙》三部书为工具，解构文、句、词、字，探究经学的源头，精微至深。其"以声求义，以义正音"的训诂理论体系的建立，将清代的小学推至鼎盛。虽然戴震之学源自新安理学，但其以"酷吏以法杀人，后儒以理杀人"的振聋发聩之声，发起了针对宋明理学的革命，进而承继孟子"人之初，性本善"的论断，呼唤美好人性的回归，开皖派朴学一脉。作为哲学家，戴震从"气一元论"出发，厘清了道与理、阴与阳、形而上与形而下等之间的关系，构建了朴素而简明的唯物主义哲学体系。如今，一些耳熟能详的词语，诸如"求真求是""经国济世""义理考据""史地相同"等，大多可上溯到戴震。

后世学者对戴震多有赞誉。蔡元培有"阳明以后，唯戴东原"之说；钱穆有"东原、实斋乃乾嘉最高两大师"之赞；胡适先生则以"这八百年来，中国思想史上出了三个极重要的人物，一个是朱子，一个是王阳明，一个是戴东原"的评述，对自己敬仰的乡贤做出历史定位。自明末清初以来，安徽历史上出现了两个"百科全书"式的人物，一是浮山下的方以智，二是"横绝一世"的戴东原。

　　徽州民谚曰："徽州十九个状元，不及一个戴震。"如今，漫步屯溪，横江岸边，戴震纪念馆庄严肃穆；镇海桥旁，戴震公园郁郁葱葱。休宁县商山乡的几山头，戴震的土冢矗立着。戴震以创新、求实之精神，启迪着一代代后来者。

戴震纪念馆匾额

不绝书香举子业

中国古代的科举考试自隋代开始，至宋代逐渐趋于完善。宋代科举分为常科、制科及武科三科，其中，以常科的进士科最受重视，因进士一等多数可官至宰相。

明代，科举进入鼎盛时期。读书人要想参加科举考试，必须通过州、府、县学组织的童试，取得生员资格（通称秀才）。明代的正式科举考试分为乡试、会试、殿试三级。乡试通过者称为举人，俗称孝廉；会试考中者称为贡生；殿试录取者称为进士。进士分为三甲：一甲三名，分别为状元、榜眼、探花，赐进士及第；二甲赐进士出身；三甲赐同进士出身。每科三甲共录取300人左右。殿试之后，状元授翰林院修撰，

黄村进士第（朱志翔　摄）

榜眼、探花授翰林院编修。其余进士经过考试合格者，称翰林院庶吉士。庶吉士出身的人官场升迁一般较为顺遂。至明英宗时，朝廷形成了"非进士不入翰林，非翰林不入内阁"的局面。明代的科举制度后来被清代基本沿袭。

宋代，徽州教育得到了极大发展，"朝为田舍郎，暮登天子堂"成了徽州读书人的共同愿望，徽州科举队伍的规模成倍扩大。史料记载，南宋初年，整个徽州每次应试乡贡者"勿虑二千人云"，休宁县每次应试乡贡者"常过八百人"。宋代徽州中进士人数，荷兰汉学家宋汉理及日本学者斯波义信曾经根据《徽州府志》等资料分别做过具体统计，为620人、624人。

明清时期，随着徽商的崛起，徽州的教育达到了鼎盛，而教育的鼎盛又促进了科举制度的繁荣。

文献记载，明代录取文进士24866人，清代录取文进士26815人，而徽州地区明、清文进士数量分别为452人、684人，分别占全国的1.82%、2.55%。另外，据有关统计，清代共有状元112名，而徽州本籍及寄籍徽

三元井（朱志翔　摄）

州的状元就有 19 名，比去除寄籍的苏州府还要多 1 名。

明清时期的徽州科考表现出其独有的特点。其一，徽州府内各县分布不均匀，府城所在地歙县几乎占到徽州进士人数的一半。除府城以外，休宁、婺源人数占比也相对较大。其二，进士人数与该区域的徽商发育程度关联较大。歙县、婺源、休宁三县进士人数占徽州府的90%，这与三地商业发育较早、商人实力雄厚直接相关。其三，进士集中于几个大姓。《徽州府志·选举志》记载，从明洪武四年（1371）至清道光六年（1826），徽州府考中进士956名，而汪、程、吴、胡、方、王、江、戴、黄、洪等十大姓氏就有686名，约占72%。

科举考试中，乡试第一者，名为"解元"；会试夺魁者，名曰"会元"；殿试折桂者，称为"状元"。一科三考皆傲视天下，为连中三元。颇为遗憾的是，在1000多年的科举历史中，文科"连中三元"者虽有10多人，但皆非徽州读书人。如今，漫步徽州古村，可以见到徽州人家将汲水的井台建造为三个圆形的洞口串联在一起，并美其名曰"三元井"。弟子们每日食用三元井之水，希冀日后连中三元，名扬天下。

天佑詹裔浙岭下

　　婺源西北浙源乡，五龙山逶迤而来。两条溪流自主峰高湖山的云缝中蜿蜒而出：一支东向，名曰沂源，为新安江的古四大源头之一；一支西去，汇入乐安河，直奔烟波浩渺的鄱阳湖。徽婺古道穿梭于安徽省休宁县板桥乡樟前村的茶园里，一路十八折，依次经过同春亭、万善庵、方婆婆石冢，之后在安徽与江西交界处破开松林与茅草的遮蔽，乍现在宽广的岭头。

　　早春三月，浙岭之上，流云飞渡，阳光明亮，满眼皆绿。鸟瞰婺源县浙源乡，鸿溪谷地中，油菜花开得正旺。一片金黄中，墨绿色的麦地铺展开来，黑白村舍时隐时现，三三两两的桃花、樱花争奇斗艳。星罗棋布的虹关、庐坑、庆源等古村落，是徽州最古老姓氏之一的詹姓世居之地。606 年，詹氏一世祖詹初自屯溪篁墩迁徙而来，后经一代又一代繁衍生息，形成了"三源、一湖、八川、七十二派"等百余个自然村落。

　　虹关村背靠浙岭，于南宋建炎年间建村，因"仰虹瑞紫气聚于阙里"而得名。村头古通津桥旁，水口之中，一棵树龄达千年的古樟树枝繁叶茂、郁郁葱葱。此树树冠覆盖三亩见方，"下根磅礴达九渊，上枝摇荡凌云烟"，故被誉为"江南第一樟"。门阙之内，曲径通幽处，明清之际，为徽州墨业的聚集之地，鼎盛之时有80多家墨庄。徽州制墨，从唐至宋，以松烟为主。浙岭之上一望无际的松林为虹关的制墨提供了源源不断的原材料。詹氏家族的商人以墨业为发端，跋山涉水，行商天下。"世界第一长人"詹世钗生于清道光年间，其故居玉映堂便位于村内一条巷陌的尽头。

自虹关村一路南行，平缓的谷地中阡陌纵横；风过油菜花如浪，与夕阳融为一体；傍晚轻飘的云雾抹在半空中，沉浮不定。转过一座低矮的山丘，段莘水东岸、凤凰尖下，庐坑村静卧。村东的高岗上，夕阳的余晖映照着一座硕大的宗祠，上书"中华詹氏大宗祠"。入仪门进享堂，詹氏徽州一世祖詹初的祖荣像下摆放着宽大的匾额，隐约可见"天佑詹裔"四个雄浑的大字。

宗祠东侧，祖居纪念馆前，矗立着"中国铁路之父"詹天佑的铜像。他手持文明棍，西装革履，迈步向前，仿佛正引领着苦难中的中国走向近代科技。傍晚的春风略显寒凉，庐溪从不远处静静流过；几十棵银杏

中华詹氏大宗祠

婺源县虹关村

树簇拥在一起，树叶沙沙作响。村头古桥上，牵着耕牛的农人慢慢走过。油菜花的清香弥漫在空气中，没有一个游人的影子，只有炊烟掠过村后黛色的群山，使静谧中有了一丝生动活泼的气息。

1872 年 8 月，11 岁的詹天佑作为第一批留美幼童之一，踏上了留学美国的漫长征途。学成回国的詹天佑主持修建了京张铁路，成为中国历史上第一位铁路总工程师。如今，魂归故里的詹天佑以大清工科进士的身份静静地守护着祖父曾经生活过的家园。

读书六法出朱熹

朱熹 18 岁时便高中进士，成为历代名人中有据可查的最年轻的进士之一。3 年后，朱熹任福建泉州同安县主簿，开启了他的官宦生涯。然而，朱熹为官虽历经高宗、孝宗、光宗、宁宗四朝，但作为地方官才 9 年多，立朝仅仅 40 多天，且与文攻武卫的心学大师王阳明相比，政绩并不突出。朱熹主政期间热衷于兴学办教：知南康军时，重修白鹿洞书院，并拟定《白鹿洞书院教条》；知潭州时，修复岳麓书院，并应湖湘学派的张栻之邀到书院讲学，虽"治郡事甚劳"，但仍然坚持"夜则与诸生讲论，随问而答，略无倦色"。

宋明理学是儒学发展的一个重要阶段。朱熹继承、发展了周敦颐、程颐、程颢的学说，是宋代理学的集大成者。朱熹

白鹿洞书院

兴贤书院

将一生的主要精力都放在了教育、著述上，弟子遍及天下，其所著《四书章句集注》为元、明、清三代科考必修之书。

朱熹著书立说、教书育人，大多于书院之中。他除修白鹿洞书院、岳麓书院外，还于福建建阳先后创办寒泉精舍、云谷晦庵草堂、竹林精舍，于武夷山隐屏峰下九曲溪之五曲构武夷精舍，并常常讲学于武夷山五夫镇兴贤书院。40年的书院治学，使得朱熹能够构建起一套完整而精深的客观唯心主义哲学体系。他不仅将"理"作为最高哲学范畴，还全面、系统地阐述了理学的主要思想与基本主张。

朱熹几乎一生都在读书、教书中度过，故他对如何读书有着深刻的见解与体会，并提出了许多精辟的论断。后世弟子们将其读书方法总结为六个方面：一曰循序渐进，二曰熟读精思，三曰虚心涵泳，四曰切己体察，五曰着紧用力，六曰居敬持志。这六大方法后来被后人统称为"朱子读书六法"。

读书由浅而深、由易而难，由"小学"而"大学"，当为"循序渐进"。

五曲幼溪津

朱子有言："以一书言之，篇、章、文、句，首尾次第，亦各有序而不可乱也。量力所至而谨守之，字求其训，句索其旨。未得乎前，则不敢求乎后；未通乎此，则不敢志乎彼。"

所谓"熟读精思"，是指"大抵读书，先须熟读，使其言皆若出于吾之口；继之精思，使其意皆若出于吾之心，然后可以有得耳"。反复阅读、静静深思，使得所读内容若出我口、若出我心，为其要旨。

虚怀若谷，倒空自己，以空空之心，潜心于书中，滋润沐浴；切不可先入为主，从自己的经验出发，穿凿附会，此为"虚心涵泳"也。朱子有曰："读书须是虚心，方得圣贤说一字是一字。"

所谓"切己体察"，意指读书不能仅停留在书本上，还要见诸行动，身体力行。其中有着陆九渊心学影响的痕迹，与知行合一在本质上归于一致。

读书要刚毅果决、一往无前，而且要"发愤忘食，乐以忘忧"，"如撑上水船，一篙不可放缓"，此为"着紧用力"也。

所谓"居敬持志"，当指读书者读书时要全神贯注，充满敬畏之心；要树立远大的志向，坚定宏远的目标，"将心贴在书册上，逐字逐句，各有着落"，"今日思之，学者须以立志为本……若不立志，终不得力"。

"朱子读书六法"，初看为读书之理论，细读乃修身养性之方，深思则为教育之思想，故被后世学者奉为圭臬。

天赐佳儿满月喜

徽州大族，择地而居，累世不迁，世泽绵长，因而徽州人家特别重视香火承继、子孙延续。徽州至今还保留着诸多与新生命诞生相关的习俗，充实着人们平淡而恬静的田园生活。

除夕刚过，农历正月初二，歙县各大宗祠前，人们聚集在一起，按惯例放人丁炮，每丁三枚，得子者加放百子炮十挂。中秋之夜，草龙登场，只见稻草扎成的草龙浑身插满明烛，在鞭炮齐鸣中欢快舞动。不时有求子者以新烛换下龙首残烛，再供奉于香案之上，点亮高堂。还有好事者令孩童偷来南瓜、芋头，泥水淋漓地放在新人

草龙

老人们正在制作糯米馃

的锦被中，新安有诗云："送子中秋纪美谈，瓜丁芋子总宜男。无辜最惜红绫被，带水拖泥那可堪。"农闲之时，求子人群则络绎不绝地前往不远处的九华山。

女子妊娠，绩溪人呼作"担肚"。怀胎七八月的妇女一般都要回娘家专心做新生儿的衣帽等物，此为"做寀礼"。依祁门旧俗，新生儿出生前，娘家置办的礼物中必须有一件男孩旧衣，俗称"外婆衣"。徽州大族注重胎教，《休宁宣仁王氏族谱·宗规》有云："闺门之内，古人有胎教，又有能言之教。"徽州大多数地方都要求怀孕的妇女"目不视恶色，耳不听恶声，口不出恶言"，饮食上则禁吃家畜的内脏。

十月怀胎，一朝分娩。孕妇临盆之时，婺源等地的接生婆照例要喝退产房中的所有闲杂人等，同时打开家中门窗、橱柜等上的锁，此为"松关"，意为祈求婴儿顺产而出。新生儿呱呱坠地，喂食三黄汤后，家人马上燃放鞭炮，烧香祭祖。此时，前往产妇娘家报喜的队伍已经出发。婴儿的父亲要亲自挑着一担糯米馃，带着一壶米酒。壶盖或壶嘴处以红纸为衬，即是男孩，绿纸即为千金，故民间有"红男绿女"之说。外婆家回赠的礼品，一般会有一公一母两只鸡以及鸡蛋、红糖、干苋菜等滋

173

补佳品。祁门民间有着一些独特的习俗，如孕妇分娩后，家人需带着红鸭蛋去外婆家报喜。红鸭蛋是单数为女孩，双数则为男孩。

三日后，家人需用艾草、枳壳、石菖蒲等煮水，为婴儿沐浴，此为"做三朝"。泼出脏水时，口中要念嗨嗨之声，为新生儿驱邪避难。午餐应由外婆主持，亲朋好友毕至，此为"汤饼会"。《徽歙竹枝词》有云："试啼声争门锁，洗儿盆内祝青葱。"下午辰光，请先生前来依新生儿生辰八字测算吉凶，为新生儿取名。

满月礼则把新生命的诞生仪式推向高潮。此日之后，新生儿及产妇的很多禁忌就将解除。宴席上，外婆家亲戚要坐上席。家人还要备好鸡子、点心及红包，请师傅为新生儿剃头，民间俗称"剃胎毛"，徽州大多数地方称作"剪兽尾"。师傅剃头之时，为替主人家讨个口彩，口中还念念有词曰："金钩挂起银罗帐，请出小官来剃头；昨日朝中剃宰相，今日又剃状元郎。"抓周是新生儿诞生礼仪的最后一项。婺源民间一般称抓周为"过百岁"，西南乡一代则形象地称之为"长屁股肉"。依歙县习俗，母亲应为抓周的幼儿准备一条青布裤、一件青布长衫、两双抓周鞋和100个印有寿桃图案的糯米粿，此为"着鞋粿"。

徽州的诞生礼仪与中国其他地方的一样，主要是为了祝福新生儿健康成长。但是，其中不乏徽州本土特有的习俗。其源头，上可追溯到源远流长的中原文明，下可通达到徽州人的生存环境。这类习俗奇特有趣，充满神秘色彩，代代传承而历久弥新。

第七章 竹枝泛咏新安风

来家做个状元郎

闲居徽州，秋日傍晚，落叶声中醒来，捧得一壶清茶，余晖里信步。你会看到牌坊下、祠堂前、院落里，有小儿三三两两地聚集在一起，玩着古老的游戏，口中还念念有词。竖着耳朵细听，虽不知所说的是什么，但能感觉到其中的韵味。

徽州是一个儿歌的世界。这些儿歌难以考证具体出处，它们或源于孩子们的自编自唱，或出于大人们的精心创作，千百年来，以口口相传的方式，传承一代又一代。

流传于歙县一带的《摇篮曲》有云："推索钩，慢索落，我家囡儿进学堂。念了不到三年书，来家做个状元郎。"这是不同于其他任何地方的摇篮曲，既有启蒙教育的意味，也带着浓浓的书香情结。其实，徽州人的耕读传家

玩耍中的徽州儿童

177

之梦，就儿歌而言，似乎可以前置到洞房中。歙县儿歌《撒帐歌》唱道："撒帐东，生下孩儿做国公；撒帐西，生下孩儿穿紫衣；撒帐南，生下孩儿做文官；撒帐北，生下孩儿做相国。"

练语儿歌，语句简单通俗，文字生动活泼，内容妙趣横生，供幼儿启蒙练习口语时诵读。《鸡鸡斗》云："鸡鸡斗，斗鸡鸡，蓬蓬飞，猫来了，扑噜一飞。"与其相比，《拜月亮》则更显得质朴简洁："月亮公公，月亮婆婆，请尔下来，吃只馍馍。"

流传于黟县的《推车磨车》则显然是成人模仿孩子口气撰写的作品，诵读起来，以肢体语言配合，便显得活泼灵动：

> 推车磨车，磨到外婆家。
>
> 外婆不在家，后门打老鸦。
>
> 打一只，爆爆吃；打一双，烧碗汤；
>
> 打一对，烧碗菜；打一箩，讨老婆；
>
> 打一担，大家都来看。
>
> 推车磨车，磨到外婆家。
>
> 外婆不在家，后门摘冬瓜。
>
> 冬瓜滚下井，大姨小姨哭淋淋；
>
> 冬瓜滚下塘，大姑小姑泪汪汪。

徽州儿歌中，故意将事物逻辑顺序颠倒的"倒唱歌"最富趣味性，读来让人哑然失笑。绩溪县《倒唱歌》有云："倒唱歌，顺唱歌，河里石头滚上坡。先生我，后生哥，爷娶娘，我打锣。我往外婆门前过，舅舅还在摇外婆。"孩子们诵读时，身形俱动，体脑并用，想象的翅膀挣脱了逻辑的束缚，天真烂漫，快乐无比。

教诲儿歌则是学龄前儿童常常诵读的儿歌，其中隐含品质教育、价值观培育、行为规范等内容，在徽州儿歌中最具特色。休宁本为中国状

即将上台进行儿歌表演的徽州少年（方亮　摄）

元县，家家重视举子业，当地儿歌《读书郎》有云："牵三哥，卖三郎，打发团，进学堂。读得三年书，中个状元郎。前门竖旗杆，后门开学堂。金屋柱，银屋梁；珍珠被，象牙床，枕上一对好鸳鸯。"

　　流传于徽州全域，虽版本较多，但最为外人熟知的便是《前世不修》。绩溪版的，是以徽州少年出外经商的艰苦生活为主题，意境凄凉，充盈着浓浓的思乡情结，读来不免令人潸然泪下：

前世不修，生在徽州。

十三四岁，往外一丢。

吃碗面饭，好不简单。

一双破鞋，踢踢踏踏。

一块围裙，像块袼褙。

前世不曾修，出世在徽州。

年到十三四，便多往外遛。

雨伞挑冷饭，背着甩溜鳅。

过山又过岭，一脚到杭州。

有生意，就停留；

没生意，去苏州。

转来转去到上海，求亲求友寻路头。

同乡多顾爱，答应肯收留。

两个月一过，办得新被头。

半来年一过，身命都不愁。

逢年过时节，寄钱回徽州。

爹娘高兴煞，笑得眼泪流。

六邑之语不相通

　　语言是人类文明最古老的承载方式，暗含着大量信息。文字只是语言的书面符号而已。国人相遇，只要一开口，第一反应便是根据方言判别对方的故籍。然后，双方围绕地缘，攀谈开来，拉近情感。倘若双方本是乡党，便如有了800年缘分一般，亲近、热乎起来。

　　中国汉地方言纷繁复杂，有八大语系之说。北方话，本源于东周的雅言，因覆盖近七成的人而成为明清时期的官话。软绵的吴语，为细雨江南增添了无边的风韵。大族南迁，在闽、粤、赣交界的崇山峻岭中嵌入了北来的客家话。执拗的湖南人以"吃得苦，霸得蛮，耐得烦"的古楚精魂，传续着铿锵有力的湘语。古老的江右民系沿着鄱阳湖、赣江、长江流转，在江西及与其相邻的湖南、安徽等地吟唱着韵味十足的赣语。古汉语的入声不断出现在广东人家日常使用的粤语中。福建及台湾地区流传着外人难以听懂的闽南语、闽北语。徽州话及广西平话的汇入，使得汉地方言更加丰富，最终又形成"十大方言"之说。

　　安徽地处中国南北之间，清康熙六年（1667）方设省。在此之前，境内各地与周边省份不断交流融合，形成了极为多样化的方言语系。吴语、

在劳作中闲聊的徽人

赣语、北方话乃至徽州话间生，使得实际上没有统一的安徽话。安徽人相见，倘若各自操着家乡的话语，不仅在外人听来，似乎就是百鸟争唱，各有腔调，而且彼此之间也难以听懂。尤其是徽州人说话，外人即便竖起耳朵，打起精神，心无旁骛，细细倾听，也往往不知其意。

徽州古为山越人之地。徽人乃百越先民之一，开化较晚。范晔在《后汉书》中有言："深山远薮，椎髻鸟语之人。"在中原人士看来，山越方言犹如鸟语一般，难以听懂。由于中原世家大族南迁徽州时大多会在苏、湖、杭一带短暂停留，加之发迹的徽商常带着江南富庶之地的口音返回故土，因此，学界一直将徽州的方言视作吴语的徽（州）严（州）片区。及至30多年前，徽州方言方得以脱颖而出，成为中国"十大方言"之一。因古徽州处在安徽南部，与浙西、赣北交界，故而，徽州话除覆盖古徽州"一府六县"外，还包括"共饮一江水"的古严州、古饶州及皖南部分区域。徽州话使用人口大约有430万，仅多于广西平话。

徽州域内各地虽属于同一行政区域已1000多年（770年，唐设歙州而管辖六县），但因群山阻隔，"日月同天，山川各异"，缺乏足够的交流，出现了"隔山不同音，隔水不同调"的现象。徽州话也可以分为歙县话、绩溪话、休宁话、黟县话、祁门话、婺源话六类方言区，即使是徽州"一府六县"人见面，有时也很难顺畅地沟通与交流。徽州一县之内，不同乡镇；一乡之内，不同村落；一山之中，不同聚落，都有着各自鲜明而独特的家乡话。它们犹如徽山上的奇花异草，甚是繁芜。

方言杂陈的民俗现场

"问余何意栖碧山，笑而不答心自闲。桃花流水窅然去，别有天地非人间。"大唐诗人李白南来黟县求鹇，在碧山古村遇到乡间农人，叩问诸事。"笑而不答心自闲"，并非徽人有意冒犯诗仙，大约是因为乡野村夫不懂李白雅言所问，又恐外人不明徽语所答，怔怔之中，只有用淡淡的微笑表达徽人好客而恬静的心态。千年之后，碧山古村桃花流水依旧，蓑衣农夫徽语依然，如青莲居士来时一般。

一路吴越一路徽

区域文化中，方言我最为感兴趣。数十年来，我四处行走，几乎每到一地都会不自觉地模仿、学习当地的方言，虽然有时也会发生东施效颦的尴尬，却也常常被河南人认为我的山东话正宗，被山东人误认为我是河南人。此种乐趣，非云游四海的人不可知也。

30多年前，已谙熟了吴语的我第一次来到徽州。那是一个浓雾弥漫的清晨，我坐着乡下的中巴车从岩寺去往西溪南。车上，售票员的卖票声、乡邻间的问候声，充盈着不大的空间；车外，流动早点摊贩的叫卖声，此起彼伏。我静静地坐在车门前的座位上，竖起耳朵细听，居然一个字都没能听懂，刹那间，仿佛跌落到另一个世界，与我的故土完全隔离，回归不得。车到西溪南，询问苟洞老师的住处，一群徽人热情回答，我却茫然不解，如坠云雾。好在，深厚的吴语根基使得我能够在嘈杂中觅得一丝话痕，最后辗转了一个多小时，终于找到了苟洞老师的住处。10年前的一个夜晚，在西溪南的溪边街青石台上，我穿着短裤、拖鞋，与镇上的几个农人就着月光与灯光打牌。虽然他们的土话如丰乐河的溪水一样绵长而难以捉摸，但我们之间已能像儿时玩伴一样顺畅交流。

2015年，为了解楠溪江流域的文化遗存，寻觅永嘉学派的发源地，感知"经世致用，义利并举"的"事功"思想，我自驾到了温州市永嘉县。其间，令同行的当地朋友感到不可思议的是，我仅凭着可怜的徽州哑巴方言的基础，几乎能听懂楠溪江两岸33个古村落的方言。《越绝书》有言："乌程、余杭、黝、歙、芜湖、石城县以南，皆故大越徙民也。"大越者，瓯闽越人也，可见古徽州的移民很多来自温州瓯江沿岸。汉武帝建元三年（前138），东瓯越人内附，迁移于江淮，沿途必经古徽州，故有大量的流民中途稽留在山水大好的徽州，其后世居于此，生生不息。

为徒步大洪古道，2012年初夏，我们一行十几人来到了黟县柯

西溪南的溪边街

村镇。颇为惊讶的是，在这个群山环抱的古镇，村民们都操着纯正的江淮官话，与安庆、枞阳及铜陵等地居民的话音相似得难以分辨。这样的现象同时出现在北黄山的甘棠镇，只是当地还掺杂着几种泾县的方言。细问之下，才知道是因为有些村民来自泾县太平湖水库淹没区。此后多年，我又在休宁、祁门的深山中数次无意间撞到操着江淮官话的村民。这些村落的先民大多是明清之际及抗战之时，为躲避水灾、战乱，由江北移

徽州人家

民而来。如今，在休宁县东北部大山中的璜尖乡周家源村，几位70多岁的周姓村民依然用故土的高腔吟唱着岳西的民谣，于婉转而悲凉的曲调中，倾诉着他们生命的根脉。

2014年7月的一个清晨，我徒步在江西省铅山县河口古镇，只见500多米长的明清古街沿着河道一路延展，带着深深辙痕的青石板路两旁，赣派建筑风格的老屋，鳞次栉比，古朴而典雅，偶尔有徽派的马头墙冒出。忽然，一个老屋内传来了说话声，有人问："吃天光了没有？"这简单而质朴的语言，明显地带有徽州方言的特点——徽州人家总是将一日三餐说成"吃天光、吃日昼、吃黄昏"。叩门而入，见到一位白发老者，穷问之下，方知姓汪，其曾祖父曾行商于铅山，后留了下来，临终前，还一再嘱咐后代，要叶落归根，魂归徽州。

自苏州穿徽州至饶州，东去温州，不大的范围内，吴语、徽语、赣语、闽北话间生，仿佛从土中冒出一般。但是，千溪百水又将它们串联在一起。舟来楫往之中，生意攀谈之际，这些古老的方言快速融合，成就了中华一隅的富庶江南。

竹枝泛咏新安风

　　中国人的诗情、诗性、诗意，皆可上溯到《诗经》。中华先民在5000 年的筚路蓝缕中，常常会不经意地透过茂密的枝叶看到一丝夺目的光芒，进而心中涌出股股浪漫主义的色彩。《诗经》最初皆为乐歌，可分为风、雅、颂三类，其中，最为活泼欢腾、灵动秀逸的，是采自 15 国，共 160 篇的《风》。南宋史学家郑樵在《通志》中有"风土之音曰风，朝廷之音曰雅，宗庙之音曰颂"之说，朱熹曰"凡诗之所谓风者，多出于里巷歌谣之作，所谓男女相与咏歌，各言其情者也"。"坎坎伐檀兮，置之河之干兮。河水清且涟猗。"《诗经·魏风》用寥寥数言就为我们描绘出了一幅生动的劳作画面：一群在河畔砍伐檀木的汉子，健壮肌肉间迸出的汗水，打湿了泥土；刀斧的砍伐声、劳作的号子声，融合在一起，震天动地。此时，河水清清，泛出一层层柔美的涟漪。

　　当《诗经·风》的余韵从"蒹葭苍苍，白露为霜。所谓伊人，在水一方"中流淌而出后，便被永久地放归于天地间，饮食男女、四时风物等皆成了咏者亘古不变的话题。接续这股余韵而绵延不绝的便是竹枝词。竹枝词，本名竹枝子，与采莲子、渔歌子、山花子等并列而称，最初吟唱于巴山蜀水间，常以七言四句为体例，也偶见四言、六言（一般统称为"小竹枝"）。与七言绝句格律规整不同，竹枝词在形式上更为自由舒展、清丽不羁。竹枝词一般每七字为一句，可分为两个音节，前四字一顿，后三字一顿，诵读、吟唱起来抑扬顿挫，故而易于民间传唱。竹枝词吟唱的方式多种多样，有联唱、齐唱，也有独唱、对唱和接唱等。在唐代便有职业竹枝词歌女，名曰"巴娘"。

在诗歌鼎盛的唐代，竹枝词从民间进入了文学的大雅之堂。"江畔谁人唱竹枝？前声断咽后声迟。"新乐府运动的倡导者、诗魔白居易的这两句哀怨、悠长的诗歌，被公认为竹枝词得名的源头。吟唱出"杨柳青青江水平，闻郎江上唱歌声。东边日出西边雨，道是无晴却有晴"的大诗人刘禹锡，则成了竹枝词诗歌化的奠基者。从此，文人撰写的竹枝词带有了民歌刚健清新、委婉含蓄、通俗明快的风格，显示出华美隽永、气韵流畅的特点。

自宋元开始，竹枝词已与音乐脱离，嬗变为一种吟唱山水风光、风土人情的特殊诗歌范例。此时竹枝词也已随着滔滔不绝的大江之水流出

山水大好的徽州一（方亮 摄）

山水大好的徽州二（方亮　摄）

巴渝，漫延至中华各地，尤其是长江下游的江南一带。清代，诗人王士祯在《带经堂诗话》中概言："竹枝泛咏风土，琐细诙谐皆可入，大抵以风趣为主，与绝句迥别。"与《诗经·风》一脉相承的是，竹枝词依然带有浓厚的地域色彩，因而在诗名上常冠以地方名称，以示区别，诸如《京华竹枝词》《津门竹枝词》《扬州竹枝词》《秦淮竹枝词》等。

新安竹枝词自清代始，之所以能浮现于中华两万多首竹枝词之上，为人津津乐道，皆因新安山水大好，徽人好古俗而守礼，世家大族以诗书传家。云游四海的徽人难忘故土风情，常通过吟唱竹枝词排遣思乡之苦，回味诗意美好的村居生活。徽州诗人中，方士庹、吴梅颠、倪伟人等人新安竹枝词作品较多。其中，方士庹有《新安竹枝词》36首，于乾隆十四年（1749）付梓刊行，并被收录于许承尧的徽学名著《歙事闲谭》中；吴梅颠有《徽歙竹枝词》158首，其手稿本后为歙县博物馆馆藏；倪伟人有《新安竹枝词》44首，并尽入新出版的《中华竹枝词》一书之中。

阿郎新向广州来

　　白露时节，秋意渐浓。清晨，轻霜已微微地沾在窗前的香樟树叶上，在一杯祁红的氤氲中，我翻看着《中华竹枝词》，回味其中收录的清代徽州祁门人倪伟人的作品。在洋洋洒洒的40多首诗歌里，作者以饱满的情感、不竭的才情、细腻的笔触、灵动的文字吟唱着新安大好山水、徽州风土人情乃至故土旧俗往事。细读之下，居然能品出一个温雅贤惠、宁静柔韧的徽州女子来。她曼妙美好的青葱岁月、短暂幸福的恋爱时光、新婚宴尔的甜蜜生活，依依不舍的送别之情、独守故土的操持之劳乃至久别重逢的温存之悦，弥漫在字里行间，你会不知不觉地与她同喜同乐、同悲同泣。

　　徽州多茶，清明、谷雨之际，桃花烂漫，茶岗翠绿。在竹鸡的鸣叫声中，采茶少女正结伴前往练江西边的松萝山，采摘新春的初芽，笑声洒落一地。

　　　　山桃花发竹鸡啼，几日茶枪绿欲齐。
　　　　去摘香芽招女伴，松萝山在练江西。

偶尔，她们也会去岩寺丰乐河畔的逍遥堤，远足踏青。此时，低垂的桃枝，扯乱了发髻，双鬓几缕秀发柔柔地垂下。金叉也随之落地，钻入青草间。傍晚时分，少女顺着反射的金光，慢慢寻得，内心无比欢喜。

三月桃花烂漫开，逍遥堤上踏青回。
低枝碍路双鬟𩬅，遗却金钗去复来。

已是谈婚论嫁的年龄，尽管少女羞于启齿，但家人还是托媒找来了英姿焕发的少年。显然，那少年是"漂广东"后返乡的。到了村中，少年见到一群正值韶华的女子，手腕缠着翡翠玉环，鎏金耳环叮叮当当，黑发间插着玫瑰，个个脸上洋溢着青春的风采，一时迷乱了心扉。他哪敢直视，只能不知所措地四处张望。

缠臂双环明翡翠，垂耳双铛缀玫瑰。
姊妹争怜好容采，阿郎新向广州来。

婚约已定，尽管徽州好古而守旧，但她还是瞒着家人与那少年相约在南黄山的潜口紫霞山。山上鹧鸪空啼，山下青草萋萋，两人漫步在山中，不知不觉，天色渐渐变暗。女子虽然依依不舍，但也只得送郎出山。女子站在一片野生杜鹃丛中，望着他蹚过清浅的阮公溪，直至身影消失在一片晚霞中。

紫霞山上鹧鸪啼，紫霞山下草萋萋。
侬在紫霞山外住，送郎时过阮公溪。

春去春来又一年，村郭被溪水环绕着，四维的群山犹如翠绿的屏风，

登源河

绩溪苏公堤上的杨柳在登源河的水面上拂过嫩嫩的青痕。清晨，新婚夫妇迟迟起床。在贴着喜鹊闹梅剪纸的镜子前，新郎学着张京兆为新妇轻轻地画眉，两人相视一笑，春风叩开了门扉。新婚的日子过得飞快，一对新人总是希望能在蜜月之际孕育出新的生命，为家族带来新生的力量。

绕郭千家倚翠屏，苏公堤上柳痕青。
眉山淡画思京兆，云洞宏开溯巨灵。

黟县的林历山边，草木已从淡绿长成浓绿，且茁壮而整齐。从渔亭古镇桃源洞而出，北行约一公里，可至青莲居士垂钓之处。漳水在此积聚成潭，潭面时有赤眼鱼浮游。潭旁有一巨石，即浔阳台。桃源人家正逢春色渐浓的时节，在淅淅沥沥的春雨中，男子驱赶着黄牛耕耘着大地。不远处的村落中，女子在织布机上默默地劳作着。这样的男耕女织的场景，写意而悠远，又渐渐定格为符号，成为徽州古老村居生活的缩影。

林历山边草色匀，浔阳台畔正逢春。

郎驱黄犊耕新雨，侬掷金梭织纻巾。

正在耕地的徽人（邹宁　摄）

　　然而，宁静而舒适的田园时光总是短暂的。"八山半水半分田"的徽州，注定与农耕渐行渐远。"天下之民寄命于农，徽民寄命于商。"徽人不得不"十三四岁，往外一丢"。蜜月刚过的徽州少年即将南下北上，与新妇以百年不变的基调，重复演绎出一场生死别离。

193

春风一棹渐江水

刺桐花开的时候，已近年底，我下嫁你家时，阿郎心中欢喜无比。短短三月的耳鬓厮磨，刺桐花已在春雨中凋零而落，一地湿红。你即将外出经商，此时的我，在依依不舍中，魂销肠断。

刺桐花发侬入门，刺桐花落郎出门。
侬入门时郎心喜，郎出门时侬断魂。

我锁好祖辈们行商留下的茶水箱，向老人们打听水路的行程。家人们聚集在一起，为即将别离的你饯行。席间方知，此行的目的地是江南第一富庶地苏州；隐隐约约中，听说平江河畔的女子个个美丽温柔，说着醉人的吴侬软语，还有那不知处于什么年代、风韵不绝的西施，故而我内心暗暗涌起一股说不出的恨意。

封锁茶箱问水程，饯春筵上饯郎行。
郎行正向金阊去，听说西施妾恨生。

桃花汛时节，练江水急急东流。已是傍晚时分，仙姥峰上红日低垂，将军岩下青草碧绿，渔梁古坝中停泊着即将远航的轻舟。明日的春风里，桨动人去，郎的身影渐渐消失在浦口的浙江中。不需几日，郎便可直入浙西的杭嘉湖平原，与故乡相隔数百里之遥。往后，我能看到的只是无边无际的钱塘云烟。

仙姥峰头日欲低，将军岩下草初齐。
春风一棹浙江水，直送侬郎下浙西。

阿郎虽已离去，故乡却依然美丽如初：山水锦绣、亭台参差，云卷云舒中，如诗的画卷，合而又开。别人家的房前屋后，一丛丛慈竹绿意盎然，只有我家的院落中，娑罗枝苗壮成长，唯愿给在外漂泊的你带来吉祥。

山楼水阁自参差，锦绣图开合复离。
到处人家种慈竹，侬家种得娑罗枝。

野生楝子树细碎的小花，白中带紫、素洁淡雅，密密地开在枝头上，犹如繁星一般，不时还会飞落到我的黑发间。此时，水桂泛出迷人的芳香。正是农家春种时，割完麦子，便要栽秧。儿女们四处忙活，厨房里只有仰仗婆婆的操持。夫君呀，不知你奔波在天下哪一个码头？

楝子花飞水桂香，山村刈麦更分秧。
儿女一家闲不得，井厨仍仗阿姑嫜。

徽人外出经商，按惯例三年一回，然而，生意不顺者，自感无颜面见家乡父老，常常经年累月不归家。可怜那留守故土的徽州女子，常常登上村后的荒山，强行扒开茂密的榛树叶，远望新安江水寂寞东流，祈盼一叶扁舟载着夫君归来。在无人欣赏的日子里，她心中充满无尽的思愁，以致懒得梳洗，任容颜憔悴、面目枯黄，甚至在岩头石镜前，也不愿看到自己的样貌。

一别侬郎几度春，登山望远强披榛。
岩头石镜不敢照，憔悴红颜愁煞人。

阳春三月，柳絮飞舞。屋檐下的紫燕南去后，又双双归来，曼舞在重重帷帐间，好不亲昵。但是那单飞的阿郎，如白乐天笔下无情的商人，重利而轻别离，已经十数年未曾归家。徽州商妇百年的宿命，都化作那沉沉而孤独的长夜。

三月春风柳絮飞，双双紫燕入重帷。
阿郎重利轻离别，十数年中不见归。

终于，那一日，你从烟雨迷蒙的江南而归。我一改平日里的素颜慵懒，精心打扮，依偎在美人靠上，重现女儿家往日的风采。那灵巧的飞鸦只匆匆一瞥，便摇摇欲坠。欢爱的时光，总是那么短暂。清晨的霞光中，你细心地教我梳着姑苏新近流行的发髻，让我也增添了一丝江南女子的妩媚。

新安江三口段

晓倩红妆倚翠楼，飞鸦欲坠侬善谋。
欢更教侬梳宝髻，巧装新样学苏州。

倪伟人的《新安竹枝词》为我们塑造了一个温雅婉约、矜持守家、忠贞节烈的徽州商妇形象。然而，翻遍徽州的文献发现，这一庞大的徽州妇女群体在历史上几乎集体失声，这是新安理学内化而成的礼教、族规、家法所导致的"文化自觉"。从某种程度上来说，正是由于徽州商妇的坚守，才为后人留下了一片美轮美奂且肃穆静雅的徽州。

新安江深渡段

到老不知城市路

与倪伟人相比，另一位《新安竹枝词》的作者方士庹，虽出生于歙县岩寺镇环山村，但与其长兄、著名的画士方士庶一直活跃在广陵的文艺界，与"扬州二马"交往频繁，同"扬州八怪"颇为亲密。方士庹著有《西畴诗钞》四卷，其力作《新安竹枝词》在乾隆十四年付梓刊行。尽管方士庹长期生活在烟雨迷蒙的扬州，但他的竹枝词多在描摹徽州的"春花秋月"，饱蘸着诗人对故土的留恋，细读起来，一股股逸世清雅的乡风扑面而来，使人不免对百年前的徽州乡居生活充满着憧憬与向往。

徽州世家大族，多自视门第显贵而清高。徽人耕读传家，品行方正，爱偏居于深山一角，与溪水为伴，甚至陶醉于这种生活，至死也未曾踏入嘈杂的城市。新安遍地是大好山水，一年四季烟霞升腾，宛若仙境。村落与村落之间，山水相接，阡陌相连。

世家门第擅清华，多住山陬与水涯。
到老不知城市路，近村随地有烟霞。

徽州古村落常常安静地蛰伏在一块高大而直立的危岩之后。一片片桃荫、柳荫下，古道漫长而曲折，不知通往何处。徽人却乐于这样的幽居生活。倘若是外乡人，即使来到村头，因害怕迷路，也不敢轻易地踏入半步；半醉的访客，村民们会弓腰在前引路，否则，山重水复中，也不知路途。此处多像五柳先生所描述的武陵溪。

　　　　　　我家石壁乐幽栖，桃柳荫中路转迷。
　　　　　　生客有时愁出入，此间仿佛武陵溪。

自岩寺去西北三里，有古村名曰"临河"，乃程氏家族世居之地。高大雄峻而郁郁葱葱的枕山之旁，丰乐河畔，古临河亭展翅欲飞。春晴之日、秋爽之际，拾级而至山巅，凭栏远眺，排云自天边奔涌而来，溪水欢腾、炊烟袅袅，犹如画卷一般。黄山的剪刀峰隐隐约约地兀立在北部的天际线，仿佛随手可以拿起，剪裁那蜀地盐亭盛产的鹅溪绢。

悠闲的徽州老人

临河亭子郁崔嵬，拾级凭高亦快哉。

满目云山排画稿，鹅溪绢好剪刀裁。

　　群山中的徽州村居生活，远离尘世的喧嚣。平静而安逸的日子，总是如溪水一般缓缓流淌，静静回旋。买来初生的牛犊，刀已没有用处，不妨同时卖去。入夜的时候，月亮淡淡地挂在东山上，山村陷入一片沉静中，家家门扉轻掩。因村中皆是熟识的族人，户户房舍相连，即使来了盗贼，也无处逃匿。

山乡僻处少尘嚣，买犊何妨卖却刀。

入夜不需防盗贼，比邻无地匿旗逃。

静谧的徽州人家

万籁俱寂，一夜好睡。日上三竿，人人尚在高眠。悠长的巷陌，空寂无影。日子仿佛总是与好梦连在一起。村民即使偶有微恙，也懒得问医，只是在天井中占卜问卦，以待痊愈。虽然平日里节俭持家，但一旦到了赛会的日子，为确保安全、增添喜庆，家家都会毫不吝啬地慷慨解囊。

三竿红日尚高眠，疾病多凭作卦痊。
赛会保安甘破费，花筒纸爆不论钱。

农历正月初九，正是上九日，岩寺镇开始了一年一度的迎神庙会。三天的日子里，人们日日倾城而出。"三月三日天气新，长安水边多丽人。"上巳节已随着时令来到丰乐河边的路口村，有人在嫩黄的河畔踏青；有人在微寒的河水中沐浴，以期祛病消灾。夏日七月，虽然苦热，但有阵阵荷香相伴。入夜，人们在莲叶间散放的荷灯，与一池月光交相辉映。金秋十月，丰收过后，西溪南村吴氏家族祠堂的戏台上，正在连轴上演徽剧《琵琶记》。

岩镇迎神正月九，路口禳灾三月三。
七月荷花灯苦热，琵琶十月演溪南。

游子方士庹笔下的清代徽州乡村生活，闲淡舒缓，静雅灵动，如溪水一般，总是以自己不变的节奏、特有的情趣在青山绿水间流淌着，数百年来未曾被西风吹出半点涟漪，依然如故。

乌麦收时霜满天

　　离开故土的时日已经太长，尽管每天都有珍馐美馔，但不知什么缘故，总是不断梦到故乡的粗茶淡饭。秋末冬初的大白菜，春天的头茬韭菜，虽是再寻常不过的食材，却成了割舍不去的念想，一入口便可一解浓浓的乡愁。倘若再用徽州盛产的火腿炖煮出问政山的猫头笋，总会不自觉地添加一碗米饭。

<blockquote>

风味山乡入梦思，此君一见解人颐。

晚菘早韭寻常甚，烂煮猫头饭滑匙。

</blockquote>

　　天下灵山，必产灵草。江南地暖，故独宜茶。清明、谷雨之际，茶山遍布的徽州，新茶抽出了一寸寸嫩蕊。此时最宜采摘，否则，到了初夏，茶味便苦涩而无韵。一时间，徽州古村落到处都是采茶的人儿。即使是出嫁的闺女，也在这时纷纷回到娘家。清晨，她们背着茶篓，唱着采茶歌，随着阿母游走于茶垄间。

清明灵草遍生芽，入夏松萝味便差。
多少归宁红袖女，也随阿母摘新茶。

　　端午时节，空气中流淌着熟麦的芬芳。徽州人家忙着煎制挞粿，祭奠先祖。与吴地风俗不同，秋天的收成入仓，人定花落时，徽娘们才开始包制粽子（角黍），庆祝一年的丰收。歙县南乡，群山莽莽，盛产芝麻、大豆和小米等旱地作物，故而被乡人习惯地称为"旱南"。荞麦收割的季节，乌桕叶已红，田间地头、房前屋后都染满了轻霜。天气渐寒，万物毕成，该是到了冬藏读书的时候了。

旱南人家

麦熟端阳饼祀先，秋成角黍庆丰年。
芝麻菽粟南乡产，乌麦收时霜满天。

　　乍暖还寒的春日，枝头知了的叫声荡过翠绿的枫杨林。三月刚过，微阴的四月天，草丛中传来蟋蟀时短时长的鸣叫。南来的候鸟，三五成群，

徽州田园

在庭院中落下又飞去，只留下一地杂乱的湿痕。门前的池塘里，荷叶田田，偶见一两枚花骨朵正欲开放。入夜，群蛙鼓胀着巨大的腹腔，齐声高鸣。蛙声与稻花香一起在田畴中流淌，让野地显得更加空旷。

三春乍暖吱哮叫，四月微阴蟋蟀鸣。
庭际纵横纷鸟迹，门前鼓吹集蛙声。

徽州多山，徽人垒石而造塝田。开春的时候，人们将红苋的种子均匀地调入草木灰中，撒进地窝；在田园的竹篱边种上茄子、扁豆，以便它们攀爬。他们还折断山上的松干，且不做任何修剪，连着青枝绿叶便插入土中。待到瓜藤爬上枝头，枯松上绿意盎然。徽民又砍来青黄相间的竹竿，一排一排地立在豇豆旁。只需月余，紫色的豇豆花便开满了竹枝，在清风中翩翩起舞，可爱极了。

红苋调灰种塝田，落苏扁荚竹篱边。
枯松高架北瓜络，羊角签排豆蔓牵。

入冬，暖暖的阳光下，村落空地上的箦席铺满即将腌制的萝卜。与他处切块不同，徽州农家用的都是整根萝卜。晒干的紫苏叶、发酵好的豆豉都是上佳的调味料，适于远足携带。惊蛰过后，天气转暖，为防止虫蛀、霉变，徽州人家有炒米的习俗。春好的谷物都存放在仓库里，味道远胜于来自江西的柳西米。

莱菔淹殖茎作整，紫苏豆豉远堪携。

炒虫冻米防朝馁，舂谷存仓胜柳西。

　　越过箬岭的徽青古道，直奔江边的大通镇，买来小鱼花。为了最后鱼儿的生气和活力，只有不分昼夜地赶往深山中的家园。到家之后，精选活力十足的青鲩与白鲢放入冷冷的溪水中。每天割来嫩嫩的青草，和着酿酒的糟渣，作为饲料。之后，与漫长的岁月一起静候冷水鱼缓缓长大。

大通江口买鱼花，昼夜星驰早到家。

青鲩白鲢须拣择，朝朝割草饲糟渣。

秋收后的稻田（邹宁　摄）

　　方士庹的《新安竹枝词》泛出一股浓浓的田园风味。垄上黍麦、田中瓜果、林间青笋、竿头藤蔓乃至四季时蔬，皆成了作者讴歌的对象。清晨的一声鸟鸣、午后的一片蛙声、傍晚的一池风荷及子时的一弯明月，都会勾起作者浓浓的乡愁。于是，我们就能够从100多年前的隽永文字中，分享到徽州的田园乐趣，感受到群山中的安逸生活，乃至体会到老死乡村也甘愿的淡然心态——这是对稀松平常日子的一种感知与升华，颇有禅意，以至于激发了每一个读者内心中回归自然的本能，希望背起行囊，此刻便回归祖先们曾生活过的故园。

缤纷四季入梦来

　　徽州属于亚热带季风气候，冬无严寒而夏无酷暑，一年四季总是有不同的景致。同时，徽州无论是自然的物语，还是人文的风情，都带着浓浓的情致，有着无穷的韵味。

　　农历正月初四，萧索的寒风中，祁门县闪里镇文堂村锣鼓喧天、鞭炮齐鸣。陈氏家族举族聚集在宗祠永锡堂中，在肃穆庄严的气氛里，依朱熹确立的30多道流程，祭祀着先祖。这一承续千年的仪式现已被评为国家级非物质文化遗产。

　　乍暖还寒的初春，细雨弥漫着徽州，粉墙黛瓦的古村落一片凄迷。黟县南屏村

春日徽州（方亮　摄）

悠长而寂寞的深巷中，着旗袍的女子撑着油纸伞慢慢走过。30多公里外的新安江畔，歙县卖花渔村已是漫山红梅闹枝头，似乎此处春来早。传续了1200年的盆景技艺，使得新安江畔的卖花渔村有着清雅脱俗的风韵。

梅花绽放后，百花次第开了。歙县雄村国宝级文物竹山书院前、新安江畔、桃花坝上，百亩桃花如红云。春风中，竹山书院里，传来琅琅的读书声，着汉服的童子手捧竹简吟诵出潺潺春水般的韵律。婺源江岭、绩溪家朋、歙县石潭、黟县柯村，梯田油菜花层层晕染，环抱着一个个古村落。村后是黛色的山脊线，巨大的山体犹如屏风。春雨婆娑之中，徽杭古道的青石板路两旁，杜鹃花、迎春花竞相开放；徒步的驴友，一路洒满欢声笑语。

夏日的黟县宏村南湖，暴雨过后，一湖风荷。夕阳铺展在天空中，云蒸霞蔚，又尽数映射在湖面上。村内正中，高低错落的民居合围中的月沼，其上倒影与水边人家重重叠叠，亦真亦幻，或实或虚。黄山光明

顶之上，晨光微露，排云似巨浪，自天边奔腾而来，至眼前幻化而去，不知所来，也不知所踪。

黟县塔川谷地，秋日清晨，当东方的第一缕晨曦泛起时，中国最美的秋景之一塔川秋色慢慢掀开了她神秘的面纱。晌午时分，婺源篁岭山坡上的人家把秋天收获的南瓜、辣椒、玉米、红薯、豆类等用一个个金黄的竹编平摊开来，暴晒于干燥的秋阳下，在黑白房舍间绘制出七色的晒秋图。秋日的傍晚，夕阳涂抹在徽州区西溪南独特而古老的民居上。村头枫杨林湿地，水圳之中，睡莲含苞待放；黄牛走过独木桥，随着农人晚归；倦鸟从天空四维纷纷飞入枝头的巢中。

横江上，一叶扁舟浮在翠竹簇拥的江面上，渔家哼吟着徽曲；鱼鹰穿梭于水中，不时叼出闪着银光的鱼儿。冬日的寒霜已经悄然落在齐云山巅。齐云山是中国四大道教圣地之一，曾被乾隆皇帝盛赞为"江南第一名胜"。雪霁之时，丹霞地貌的岩体捧着一抔抔白雪。黄山之上，已

晒秋

冬日徽州（方亮　摄）

经是一片冰雪世界。阳光斜照下的雾凇、冰凌，五彩斑斓。山脚下，古称桃源仙境的温泉内，游人如织，人们在温汤中享受着一年中难得的休闲时光。

黟县卢村，羊栈溪穿村而过，精美的木雕楼集萃了徽州木雕技艺的精华。村内私塾的花窗上，冰裂纹形的图案中嵌入的点点蜡梅，似乎随时就要绽放。自清以降，卢氏祖先定格了的木雕图案一直在向学童们诉说着"冰冻三尺，非一日之寒"的古训。

四季徽州，山水有痕，风月无边。无论你何时踏入，徽州总会以超越你期望的样子卓然地展现在你的眼前，不媚不俗。其后，便会有一幅幅画面悄悄地潜入你的梦境，让你深陷其中而不能自拔，百转千回而故地重游。

第八章 父子宰相山中天

不拘一格降人才

江南，有着"春来江水绿如蓝"的美好，是一个几乎令所有中国人都怦然心动的地方，也曾是一个行政区域的名称。

江南省经济繁荣、文教昌盛，且通江达海，雄踞中国南北要冲，加之自清军入关以来，当地民众反抗强烈、持续时间长，故而在清康熙六年，为长治久安，清政府将其一分为二，一名曰"江苏"，一取安庆、徽州两府首字而名为"安徽"。纵观清代安徽的 245 年，唯有一人曾经分别担任过安庆、徽州两地的知府。此人出自杭州的书香门第，名曰"龚丽正"。

龚丽正，为清代杭州官宦世家子弟，于嘉庆元年（1796）高中进士。少年时代，龚丽正师从清代训诂学大师段玉裁，因天资聪颖而豁达，风流倜傥而雅正，颇为先生喜爱。后段玉裁将小女段驯嫁给他为妻。1792 年 8 月 22 日，近代著名的思想家、文学家，改良主义先驱，"震旦佛弟子"龚自珍呱呱坠地。龚自珍自幼受才女母亲的熏陶，好读诗文，8 岁起学《大学》，12 岁师从外祖父段玉裁学《说文解字》。他善于以经说字、以字说经，精通古今官制以及目录学、金石学等，13 岁便作《知觉辨》，15 岁诗集编年。

　　嘉庆十七年（1812），龚丽正被调出清廷的中枢机构军机处，奔千里之外的徽州任知府。20岁的龚自珍告别外祖父，偕妻随父亲一同赴任。从此，龚自珍得以在古老的徽州留下四年的人生轨迹。徽州期间的龚自珍，四处游历，足迹遍布新安山水。他曾几次探梅至卖花渔村，然而，其名著《病梅馆记》中却只有"江宁之龙蟠，苏州之邓尉，杭州之西溪，皆产梅"的记载，寻觅不到卖花渔村的"病梅"，大约因为卖花渔村的游龙梅桩乃顺应天然而成，无"斫直，删密，锄正，以夭梅病梅"的技法。龚自珍登黄山后写下的《黄山铭》一文，被后世广为称道。为协助父亲重修《徽州府志》，龚自珍收集了大量的徽州文献，之后还留下《与徽州府志局纂修诸子书》《徽州府志氏族表序》等文稿。此时的龚自珍虽有饱学之名，但功名全无，只得在徽州府衙的内府研读经学，以备科考。他整日与一棵唐代的桂花树为伴，且日久生情，视其为知音。四年后，离开徽州府时，龚自珍难以割舍这棵被称为"辛丈人"的古树，写下了《别辛丈人文》。

　　龚自珍虽自幼受其父龚丽正的教化，但学术源头乃其外祖父段玉裁。段玉裁为皖派朴学的源流之一，脉出"横绝一世"的戴震。颇为巧合的是，龚自珍如祖师爷戴震一般，屡次会试不中。道光九年（1829），龚自珍

徽州府衙（朱志翔　摄）

徽州古城门

经六次会试，终于考中进士。在金銮殿中，他面对的主考官居然是清代著名的"父子宰相"之一、三朝不倒翁、徽州歙县雄村人曹振镛。按旧制，龚自珍当为曹振镛的门生。颇为遗憾的是，谨小慎微的曹振镛以"楷法不中程"为由，将龚自珍置于三甲第十九名，不得入翰林。

"落红不是无情物，化作春泥更护花"，龚自珍的名句透出一股淡淡的忧伤，颇有汉唐古诗的余韵与气象。"我劝天公重抖擞，不拘一格降人才"，1839 年，大清江山风雨飘摇，龚自珍虽辞官南归，但内心希望人才辈出、生气勃勃的新时代在风雷激荡中迅疾降临。

1841 年 3 月，龚丽正病逝于杭州。半年之后的 9 月 26 日，龚自珍的双手在江苏丹阳的病榻之上永远垂下。一年后，第一次鸦片战争结束，在南京下关江面的英舰"皋华丽"号上，清政府签订了中国近代史上第一个不平等条约，中国开始沦为半殖民地半封建社会。

《太函集》并《金瓶梅》

明清之际，徽州文风鼎盛，文人雅士及达官显贵层出不穷。"我新安为朱子桑梓之邦，则宜读朱子之书，取朱子之教，秉朱子之礼，以邹鲁之风自持，而以邹鲁之风传之子若孙也"，徽州文人大多尊朱熹理学为正统、修正学、循正道，文武兼修者少之又少，至于戏曲、小说兼研，世俗之道谙熟者，更是寥寥无几。然而，汪道昆便是其中之一。

汪道昆，字伯玉，号南溟，又号太函，明代歙县西溪南松明山人，儿时便表现出超人的天赋，3岁能吟诵唐诗百首，及至6岁开蒙，聪慧敏捷，过目而不忘。汪道昆在研读经书的同时，常读稗官野史和小说类"杂书"，并尝试作戏曲剧本。明嘉靖二十六年（1547），汪道昆少年得志，高中进士，出仕任义乌知县。此时，正值倭寇侵扰东南沿海，闽浙一带战事频繁。汪道昆积极训练民团，抵御外敌。嘉靖三十八年（1559），戚继光奔赴义乌招募海防之军，得到了汪道昆的大力支持。待戚家军成精锐之师，汪道昆又在军中任监军，与戚继光合力抗击倭寇。此时的兵部尚书居然是徽州绩溪龙川人胡宗宪。戚家军九战九捷，终于歼灭倭寇。后义乌军追随戚继光转战辽东，扬威山海关。

汪道昆为官一任，造福一方。他任襄阳知府时，曾"筑堤千丈余，以防汉水岁溢"；在湖广巡抚任上，"剪洞庭萑蒲而覆其巢，沅湘江汉之民安枕卧"；与戚继光在抗倭前线并肩战斗，"昼夜筹划，不枕戈者十有六日"。汪道昆为官之路，颇为坎坷，曾屡次遭罢官。他最后一次出仕，被任命为兵部左侍郎，其间赢得了"北司马"的美誉，且与明代文坛"后七子"领袖、应天府府尹、南京兵部侍郎王世贞并称为"南北两司马"。

西溪南老屋阁

　　汪道昆不仅武略超群，而且文韬出众。他为文简洁而有法度，作诗风骨俱佳，著有《太函集》120卷（收录散文106篇、诗歌1520首），成为研究明代徽州经济、社会、文化的重要作品。汪道昆精通音律，勤于戏剧创作，所作剧本清新俊雅、诙谐风趣，存世作品被编入明万历刻本《大雅堂乐府》，其中有4篇颇为后世推崇：《高唐梦》叙说楚襄王梦会巫山神女的传说；《五湖游》讲述范蠡功成身退后，偕西施泛舟太湖的故事;《远山戏》说西汉京兆尹张敞沉溺于伉俪之乐,为妻画眉之事;《洛水悲》写甄后之魂化为洛水之神,了却曹植相思之苦的事。颇为有趣的是,汪道昆存有一书,名曰《数钱叶谱》,专以古老的博戏技法为研究对象。该书与诸暨陈老莲的《水浒叶子》齐名于民间。

明嘉靖年间,独领风骚 20 年的"后七子"领袖王世贞亲率三吴两浙才子近百人,到徽州开启黄白之游。来者大多各擅一技,国中鲜有能与之匹敌之人。汪道昆设名园接待,号令邑中士子以技博技、以艺对艺,"以书家敌书家,以画家敌画家,以至琴弈篆刻、堪舆星相、投壶蹴鞠、剑槊歌吹之属,无不备"。结果,江浙才子大败,"弇州大称赏而去"。明隆庆、万历年间,徽州诗坛勃兴。以退隐回乡的汪道昆为首的一批新安诗人在西溪南丰溪之畔,创立了白榆、丰干两大诗社,一时轰动天下。

西溪南水口(方亮　摄)

成书于明万历年间的《金瓶梅》，历来被评为中国"第一奇书"，具有较高的文学、社会学及民俗学价值。《金瓶梅》的作者兰陵笑笑生是中国文学史上第一位独立创作长篇白话小说的作家，而他究竟是谁，一直是文学史上的一个谜团。明沈德符《万历野获编》说他是"嘉靖间大名士"，学界又有冯梦龙、徐渭、李渔、王世贞等诸多之说，而徽州区西溪南的"乡野草民"苟洞老师则以丰厚的史料、扎实的研究为基础，提出了汪道昆之说，目前已得到学界的关注与重视。

位于西溪南的黄山市三函金瓶梅研究所

俞龙戚虎胡宗宪

　　古徽州绩溪，乃中原南来的世家大族世居之地，尤以汪、胡、章、邵等姓氏为众。其中，胡姓便有明经胡、金紫胡、龙川胡、遵义胡之分。他们皆源自河南淮阳胡公满，但同祖不同宗，各有徽州始迁祖。胡姓历来以宗族文化繁盛而名扬徽州，代不乏人。

　　东晋大兴元年（318），散骑常侍胡焱奉旨提兵镇守歙州。胡焱"游观石镜，登龙峰景致，羡其山水清丽，地势恢宏，东耸银瓶龙须山，南依天马贵人峰，西势形同鸡冠若凤舞，登源河蜿蜒似飞龙"，乃偕家室迁居此地。此地之后形成村落，名曰"龙川"。自一世祖胡焱始，龙川胡氏经1700多年的传承，至"锦"字辈已四十八代，其间名人辈出，尤以明成化、嘉靖年间，南京户部尚书胡富、兵部尚书胡宗宪、辽东巡抚胡宗明最为著名。

　　胡宗宪，字汝贞，号梅林，嘉靖十七年（1538）戊戌科进士，自益都知县出仕，因政绩卓著而连升三级，其后以御史的身份，宦游湖广、大同、北直隶等地。因父母相继驾鹤西去，自嘉靖二十一年（1542）

四月始，胡宗宪丁忧故乡龙川村5年，其间苦读《大学衍义》《武经七书》等书，为日后经略东南、驱除倭寇打下了坚实基础。

明初，与中国隔海相望的日本国正处于南北朝时期，国内战争频繁。为逃避战争，部分失去藩主的日本武士纷纷窜入中国东南沿海，成为倭寇。为防范倭寇，明太祖朱元璋下诏"寸板不得下海"，史称"禁海令"。明洪武二十三年（1390）、二十七年（1394）、三十年（1397），"禁海令"又不断加码，海外贸易受到严重影响。明嘉靖年间，以徽州歙县许栋、徐海、汪直为代表的海商为获取巨额海上贸易利润，与盘踞在东南沿海诸岛上的倭寇沆瀣一气，不断骚扰南直隶、浙江及福建一带，使得民不聊生。

嘉靖三十五年（1556）二月，明世宗擢升胡宗宪为兵部左侍郎兼都

胡氏宗祠

胡宗宪雕像

察院左佥都御史，又加直浙总督，总督浙江、南直隶和福建等处的兵务。胡宗宪到任后，"文用徐渭、文徵明、沈明臣；武用戚继光、俞大猷、卢镗"，并制定了"攻谋为上，角力为下""剿抚兼施，分化瓦解"的作战方略。戚继光、俞大猷能征善战，在抗倭战争中立下赫赫战功，后被人们并称为"俞龙戚虎"。因"（倭寇）去来飙忽难测""海涯曼衍难守"，同时为建立防御系统所需，胡宗宪聘请郑若曾等人实地勘测沿海的沙洲、岛屿及地形，收集海防有关资料，编制《筹海图编》。嘉靖四十一年（1562），中国历史上第一部全海疆海防图集《筹海图编》刊印，其中，将钓鱼岛等岛屿明确纳入明朝的海防范围，为钓鱼岛归属中国留下了铁证。

胡宗宪能谋善略，功勋卓著。在抗倭斗争中，他诱奸汪直，离间陈东、徐海，显示出了超人一等的智慧。至明嘉靖四十四年（1565），东南沿海的倭寇基本肃清。

　　1563 年春日，胡宗宪经由皖浙交界处的徽杭古道返回故土绩溪龙川。稽留乡村近 2 年的胡宗宪，主持修建了"江南第一祠"胡氏宗祠，奉旨敕建了"奕世尚书"石牌坊，并于龙川村正中央修建了尚书府。占地 5000 平方米的尚书府仿佛一个小镇，从善堂、官厅、梅林亭、胡氏家井、绣楼、徽戏园、松公家祠、文昌阁、蒙童馆、土地庙、医馆等一应俱全。因门厅众多，尚书府在当地有"二十四门阙"之雅称。著名古建保护专家阮仪三先生赞誉其为"徽州保护最好的古建筑"。

尚书府

鹤鸣九皋声天下

程颢墓

民国《歙县志》记述："邑中各姓，以程、汪最古，族亦最繁，忠壮、越国之遗泽长矣。"徽州程姓，始迁祖乃东晋新安太守程元谭。至南北朝时，南陈名将、忠壮公程灵洗横空而出，成为程姓望祖。程姓由徽州篁墩发脉，枝繁叶茂而生生不息，后分南、北两支成长于中华大地。至北宋时期，北支程姓结成硕果，"二程"横空而出。

程颢，因生于宋仁宗明道元年（1032），被后世尊称为"明道先生"；其弟程颐，因在洛阳伊川讲学 20 多年，被后世尊称为"伊川先生"。程颐、程颢同为宋代理学的奠基者，故而被学界并称为"二程"。"二程"出生于湖北黄陂，少年时共拜濂溪先生周敦颐为师，以"心传之奥"奠定了道学的基础，更以"理"为最高的哲学范畴，成为北宋理学的实际开创者。客居洛阳的"二程"刻有"忠壮后裔"印章一枚，以表不忘故土徽州之心。

1082 年，"二程"将时任宰相文彦博赠送的庄园辟为书院。此书院因位于洛阳伊川县鸣皋镇而名"伊皋书院"。元延祐三年（1316），书院大修，元仁宗赐名"伊川书院"，命翰林院直学士薛友谅撰文，集贤院学士赵孟頫书丹，参知政事郭贯撰额，刻石立碑。700 多年来，秀逸圆润的"赵体"吸引着众多文人墨客前来拜谒临摹。伊皋书院规制严格，加之"二程"的洛学博大精深、义理精微，故一时间，天下英才盈门。程门弟子中，对后世产生较大影响的不下 80 人，其中，吕大临、杨时、谢良佐、游酢被称为"程门四先生"。

《宋史·杨时传》记载："（杨）时调官不赴，以师礼见颢于颍昌，相得甚欢。其归也，颢目送之曰：'吾道南矣。'"南去的杨时，于北宋政和元年（1111）创立东林书院。从此，中国学术中心转向江南。1127 年，南宋建立。此时"二程"的理学已经杨时之手浸润江南十六载，为宋室南迁蓄积了大量栋梁之材。杨时归故土福建而开闽学，并收崇安人胡宏、延平人罗从彦为弟子。罗从彦创立了豫章学派；胡宏后迁居衡阳南岳，创立了湖湘学派。罗从彦的弟子李侗受尤溪县尉、同窗好友朱松的生前之托，于绍兴二十八年收朱松之子朱熹为弟子。朱熹两次回归徽州省亲，亲授十二门徒，将博大而精深的理学传播于故土，成为新安理学的开创者。理学自"二程"始，其后春风化雨，浸润中国东南，又经近百年辗转迁移，先后孕育出闽学学派、湖湘学派、东林学派、豫章学派，再借客居福建的朱熹之手，达至臻大成，成为元、明、清三代学术之主流，影响中国近 800 年。

《诗经·小雅·鹤鸣》有云："鹤鸣于九皋，声闻于天。鱼在于渚，

"二程"墓园

或潜在渊。乐彼之园，爰有树檀，其下维榖。他山之石，可以攻玉。"
自伊川书院沿伊水北上，至白虎山下，可见古柏环抱之中，"二程"墓园一片静穆。20公里之外，乃两山对峙，一水尽流的龙门。南下500公里，湖北黄陂的双凤亭、"二程"书院依然如故。城西草庙巷，便是"二程"故里。又行千余里至古徽州"程朱阙里"的篁墩，三夫子祠供奉着徽州游子程颐、程颢及朱熹，"洛闽溯本"石牌坊高大而威严。夕阳下，它们与不远处的新安江水一起渐渐老去。

九字方略定大明

徽州地处中国东南腹地，万山环绕，因道路险阻而隔绝于世外，古来兵燹少至。徽州守则有天险，进可至膏腴之地：东向杭嘉湖，可驰骋三浙；北至苏锡常，可饮马长江；西南达闽赣，可扬帆鄱阳湖。因此，徽州历来人文荟萃，文风鼎盛。

元末之际，朱元璋以一介草民的身份起兵于濠州（今凤阳），然兵戈所向，无不披靡，最终于 1368 年建大明，成就 276 年的基业。

在大明建立过程中，淮西武人集团功勋卓著。朱元璋以其为核心，形成百万精锐之师，席卷中华。其中，徐达、汤和、常遇春、邓愈等为后世所熟知。然而，深藏于战场之后的一帮文人谋士，也功不可没。他们以幕僚的身份为朱元璋出谋划策，经略天下。其中佼佼者，当数李善长、朱升及刘基三人。

刘基，字伯温，浙江青田人，精通天文、兵法、数理等，尤以诗文见长，后因大量逸事的流传，被民间神话。在大明兴起的过程中，刘伯温的作用略逊于其他两人。李、朱二人，或出于徽州，或与徽州有着千丝万缕的联系，乃谋士中的典范。

灵山村

1353年，朱元璋攻打滁州时，李善长加入。从此，他便始终不离朱元璋左右，成为其肱股之臣。大明开国后，李善长负责制定大明礼制、六部官制，同时奉命监修《元史》，编写《太祖训录》《大明集礼》等。明洪武三年（1370），朱元璋大封功臣，授李善长开国辅运推诚守正文臣、特进光禄大夫、左柱国、太师、中书左丞相，封韩国公。史载李善长为歙县东乡人，后徙居定远，少年时在灵山村后的灵金山苦读，精习法家之言。如今，虽历经600多年变迁，灵山村一带，每年春季，明代军垦的梯田油菜花依然盛放如初。

元至正十六年（1356）三月，朱元璋攻克集庆，旋即改为应天。此后，大军沿长江以南一路向东攻打至浙江长兴，接着掉头南下。邓愈率军连克宁国路（治所在今宣城）所属各县，兵锋直指徽州。元至正十七年（1357）七月，邓愈大军包围徽州路府城歙县。为使百姓免遭战争之苦，名儒朱升冒万箭穿心之险，独立城下，说服守城元帅福童开城投降。至此，除婺源外，古徽州之地尽归朱元璋所有。

元至正十八年（1358）十一月，邓愈大军久攻婺源不下，朱元璋督军至徽州。在繁忙的战事间隙，朱元璋效仿刘备三顾茅庐之举，亲往歙县石门探访隐士朱升。朱升审时度势，提出"高筑墙，广积粮，缓称王"九字方略，为朱元璋最终夺得天下打下了坚实基础。

朱升，字允升，乃古徽州休宁人，因出生于旭日东升之际而得名。朱升17岁时拜在同乡名儒陈栎门下，学成后，开馆授徒并著书立说，故《墨庄率意录》《星卦提纲》《龙穴阴阳之诀》等相继问世。元至正元年（1341），朱升登乡贡进士，被授予池州路学正一职，后因不乐仕途而归隐歙县石门。出深山的朱升竭力辅佐朱元璋一统天下，后被授予翰林院大学士。洪武二年（1369），70岁的朱升再次萌生退意，以"告归省丘墓"为名"请老归山"。令人不解的是，朱升第二次退隐，并未回归故土徽州，而是偕夫人涉江越淮，抵达东海之滨的盐城南龙港。

如今，长眠于南龙港文曲沟北侧的朱升，枕浩渺东海之波，隔滔滔大江之水，遥望江南群山中的故土徽州，已达十甲子有余。

朱升讲学地（汪小虎　摄）

父子宰相山中天

　　1636 年，皇太极在盛京（今沈阳）称帝，改国号为大清。至 1912 年溥仪逊位，清朝共传十二帝，一统中华 268 年（自 1644 年明亡开始计）。在清代，安徽出过两对父子宰相，分别是安庆桐城的张英、张廷玉父子，徽州歙县雄村的曹文埴、曹振镛父子。其中，张廷玉、曹振镛两人更是以汉臣的身份，官至首席军机大臣。

四世一品坊

　　歙县南乡，渐江与南山环抱之中，有一古村落。此村因"枝叶分布，所在为雄"而得名为"雄村"，自元末以来一直为曹姓家族世居之地。徽州大族，"左贾右儒、亦贾亦儒、儒贾相谐"的典范，当首推雄村魏武曹家。"四世一品""同科五进士""一朝三学政"的盛况，皆发端于此。

　　新安曹氏，乃曹操嫡传，本

源河南汴梁（今开封），唐末始迁入徽州；一世祖为全政，初定居于篁墩，后几经辗转而至雄村。清初，雄村曹堇饴业盐于扬州，为两淮盐运八总商之一，并曾以布衣身份，接驾第二次南巡的康熙帝。曹堇饴育有三子，各有分工，长子曹文境承继家族在扬州的盐业；次子曹文塾据守故土雄村，管理田产与家产；幼子曹文埴则潜心读书，专攻仕途。

清乾隆二十五年（1760），曹文埴殿试高中二甲第一名，旋即以翰林院编修的身份开启了官宦生涯。曹文埴官运亨通，先后执掌刑部、兵部、工部、户部，兼顺天府府尹，官至户部尚书加太子太保。乾隆五十二年（1787），不愿与和珅同流合污的曹文埴，以归养老母为名义，告老还乡。返乡之后的曹文埴，倡修府城的古紫阳书院，与邓石如、袁枚等文人雅士往来频繁，并精于收藏，传世名作《兰亭序》及《上阳台贴》均曾为曹氏所有。

为愉悦寡居的老母朱氏，曹文埴依托大哥曹文境的雄厚财力，于扬州招募昆曲优伶，组建家族戏班"华廉班"。后因母亲难以理解吴语唱词，曹文埴又聘请太平、旌阳、安庆石牌等地艺人，将黄梅、青阳高腔等皖

竹山书院一角

江唱腔融合于昆曲，并编写戏剧脚本，分工演员行当，这成为徽戏的雏形。1790 年 8 月 13 日，为庆贺乾隆八十寿辰，易名为"庆升"的曹家戏班奔赴京城，连演两晚，其间共演出了八个剧目。本次演出获得了乾隆的称赞，为随后的四大徽班进京，乃至国粹京剧的诞生，铺平了道路，因而曹文埴被后世尊称为真正的京剧鼻祖。

曹文埴之子曹振镛历乾隆、嘉庆、道光三帝，有"三朝不倒翁"之称，官至武英殿大学士、首席军机大臣。曹振镛官宦生涯达 52 年，为有清一代当官最久者。嘉庆二十一年（1816），仁宗巡幸热河，特命曹振镛留守京城，处理一切政务大事，代使君权三月，故而，徽州民间有"宰相两朝有，代君三月无"之谚语。因警于康熙除鳌拜、雍正灭年羹尧、乾隆杀讷亲、嘉庆诛和珅之威烈，曹振镛为官谨言慎行、唯唯诺诺，被后人讽为"磕头宰相"。但是，他三当学政，主持乡试、会试各四次，为朝廷选拔了大量人才，龚自珍、陶澍、潘世恩、林则徐等当世巨子皆出自其门下。道光帝曾赞曰："亲政之始，先进正人。密勿之地，心腹之臣。问学渊博，献替精醇。克勤克慎，首掌丝纶。"此等评价出自君臣之间，实属罕见。

春风三月，浙江之畔，桃花坝上盛开的桃花犹如十里红云。穿过桃花夹道的芳境，步入雄村之北，可见建于清乾隆二十年（1755）的国宝级建筑竹山书院巍然屹立。书院门额之上四个遒劲的大字，出自清代金石大家邓石如之手。书院有一南北相通的回廊，其墙壁之上嵌有一块巨大的黟县青，上刻"山中天"三个大字。此乃集唐代大书法家颜真卿的手笔而成，赋予了一个徽州群山中的小村落万千气象。

"西江四戴"戴复戴

隆阜码头

清代科考，自乾隆三十六年（1771）至四十五年（1780），接连五科的殿试状元均为安徽徽州人。其中，除歙县人金榜外，皆出自休宁，分别是黄轩、吴锡龄、戴衢亨、汪如洋。他们共同为徽州赢得了"连科五殿撰，休宁四状元"的美誉。清代是徽州科考出状元最多的朝代，而徽州望族戴氏竟有三人摘得魁星，分别是戴有祺、戴衢亨及戴兰芬。"三戴"皆为寄籍，与戴震同宗，出于休宁隆阜。尤其是戴衢亨，寄籍江西大庾（今大余），是有清一代最年轻的状元之一。

戴衢亨，字荷之，号莲士，江西大庾人，祖籍安徽休宁，出身于书香门第、官宦世家，7岁能作诗，有"神童"之名。17岁时，戴衢亨在乡试中牛刀小试，连中秀才、举人。

1775年，乾隆皇帝巡幸天津时，戴衢亨奉召应试，深得皇上赏识，名列一等，授内阁中书，第二年入军机处任军机章京。乾隆四十三年（1778）的科考，有正副主考官、同考官及读卷官共7人，全是朝臣中的前科状元，其中，便有徽人黄轩及金榜，实乃中国科举史上之罕见盛况。23岁的戴衢亨受乾隆钦点，夺得一甲第一名，成为当科状元，旋即授翰林院修撰。戴衢亨自嘉庆初年始，备受重用，为嘉庆一朝的重臣，历任侍读学士、军机大臣、体仁阁大学士等职，乃清代少有的集大学士与军机大臣为一身的人物。戴衢亨少年时师从朴学大师、龚自珍的外祖父段玉裁，而段玉裁为乾嘉学派巨擘戴震的门徒，故而，经30年的变迁，一代人的流转，戴震之学于冥冥之中又复传于本族子弟戴衢亨。

戴震藏书楼

　　戴家世居于古徽州休宁隆阜紫园，至二十五世戴宏度时，为生计所迫，不得不出走故土，来到徽人聚集的扬州城。戴衢亨曾祖父戴时懋在扬州经商不顺，致家道中落而贫困无依，后只得带领二子千里迢迢过梅关古道，直下南岭而入广州谋生，"逾大庾岭，抵粤之羊城，父子兄弟俘力谋食，饔飧初溢"。为便于行走于粤赣之间，戴衢亨的祖父戴佩入贡后，便举家迁往大庾，定居于水城孝友坊。戴衢亨之父戴第元，为乾隆二十二年（1757）丁丑科进士；叔父戴均元、兄戴心亨，于乾隆四十年乙未科同登进士，入翰林院编修，后戴均元官至军机大臣、文渊阁大学士。自徽州而扬州，从扬州而广州，再由广州而北上大庾，戴氏一门筚路蓝缕，以五代人、近200年的时间，从一个小商人的家庭发家，走出了四翰林、两宰相（大学士），印证着徽商"贾而好儒"之风。大庾章水之畔"四戴"，才大而博学，为人谦和、为官清廉，故而被后世尊称为"西江四戴"。

前 213 年，秦人在梅岭开山道筑关隘，始有梅关古道。唐开元四年（716）冬，韶关籍宰相张九龄奉命辟军道为商道，连通南岭南北两侧的广东南雄与江西南安。2200 多年来，在这条古道上发生了无数传奇故事。初春，南国之风已带有丝丝暖意。此时，新梅吐蕊，自由绽放，晕染着梅关古道。半山腰的古道旁，静卧着一座不起眼的土冢，一旁的石碑上刻有四个醒目的鲜红大字：状元祖坟。不远处的山顶上，一棵枫香树挺拔而高大。此乃戴衢亨 1808 年返乡时手植的"状元树"，已郁郁葱葱了 200 多年。

立于梅关之上，南瞰大庾古城，万家灯火，仿佛可以听到汤显祖《牡丹亭》的曲调；东望油山，陈仲弘的《梅岭三章》在松柏中吟唱；北眺韶关，顿悟的慧能正升座讲学于曹溪之畔；西观群山，连绵不绝，一路逶迤，直至"山水甲天下"的桂林。

《资本论》中徽州人

明清之际，徽州科举繁盛，"官居上爵，代不乏人"。据许承尧的《歙事闲谭》记载，有清一代，仅府城所在的歙县，本籍和寄籍京官，便有大学士4人、尚书7人、侍郎21人、都察院都御史7人、内阁学士15人，至于地方官员，更是不计其数。徽州士族为官期间，大多政绩斐然、清廉自律，"出为廉吏者什七"，"常禄外，秋毫无取"。此外，徽州多直谏之臣，"其山挺拔廉厉，水悍洁，其人多为御史谏官者"。历数明清时期的徽州官员，堪称"能臣、廉臣、直谏之臣"的，当首推王茂荫，《清史稿》记述："王茂荫屡进谠言，均中利害，清直为一时之最，宋晋亦其次也。"

王茂荫，字椿年，号子怀，徽州歙县杞梓里镇人，出身于商人世家。王茂荫7岁入私塾学习，15岁师从徽州名儒吴柳山先生，后以文章名闻江南，但因好杂学而导致科举之途坎坷。于是，他弃儒从商，承继家族在北通州的茶号"森盛茶庄"。道光十二年（1832），重拾举子业的商人王茂荫终于在34岁的"高龄"名列皇榜，高中进士。王茂荫的官宦生涯自户部开始，先后任主事、员外郎等职。咸丰四年（1854），王茂荫被擢升为户部右侍郎兼管钱法堂事务，掌管大清财政货币事宜。

咸丰元年（1851），太平天国运动自广西金田兴起，之后誓师北进，兵戈直指清帝国财赋核心长江流域。此时，清廷入不敷出、国库空虚。时任陕西道监察御史的王茂荫上奏《条议钞法折》，建议发行钞币（纸钞），成为清廷主张发钞的第一人。此后数年，王茂荫又上书《论行大钱折》《再论加铸大钱折》《条奏部议银票银号难行折》《请将钞法前奏再行详议片》等奏折，围绕着币值改革，提出了一系列的实施方案及措施，是19世纪中叶中国财政金融领域内极少数先知先觉者之一。

王茂荫行钞思想的核心是"以实运虚"，其中"实"为白银，"虚"为纸币，即用有价值的金属货币来保障纸币的流通。王茂荫明确提出，"官能定钱之值，而不能限物之值"，"以数实辅一虚"。他还极力主张通过银号、钱庄和商人来推行币制改革，而非腐朽的官僚机构，钞币流通"非有商人运于其间皆不行，非与商人以可运之方，能运之利，亦仍不行"，"现行银票、钱钞，均属天下通行，而行远要以银票为宜，欲求行远，必赖通商，欲求通商，必使有银可取"。王茂荫的货币改革思想是西方"金本位制"金融体系的雏形，极具创新性与前瞻性，但由于太过超前，同时过于倚重商业资本的力量，遭到了咸丰帝的反对而弃用，倘若能够付诸实施，对缓解清后期政府财政危机，定会产生积极的作用。不久，这些真知灼见被沙俄驻中国的外交官写入了《帝俄驻北京公使馆关于中国的著述》中。此文被翻译成德文后，受到了正在撰写《资本论》的马克思的极大关注。于是，在《资本论》第一卷中，出现了"清朝户部右侍郎王茂荫向天子上了一个奏折，主张将官票、宝钞改为可兑现的钞票。在1854年4月的大臣审议报告中，他受到严厉申斥。他是否因此受到笞刑，不得而知"。洋洋巨著《资本论》，涉及各国人物有680人之多，而王茂荫是唯一一位被提及的华人。

王茂荫在京城为官30多年，一直寄宿于宣武门外大街的歙县会馆，且从不带家眷，"孑然一身，清俭朴约"。同治四年（1865），因杞梓

王茂荫雕像

里镇的祖宅被战火摧毁，告老还乡的王茂荫只得用仅有的一点积蓄在歙县雄村镇义成村购置一栋不大的三间楼屋，安置下来。是年六月，王茂荫留下遗嘱："吾以书籍传子孙，胜过良田百亩；吾以德名留后人，胜过黄金万镒。"然后，他溘然长逝。此时正值夏季，不远处的新安江滔滔不绝，王茂荫的一世清名也随着东去的江水传至各地。

金声天一丛山关

古徽州绩溪县扬溪镇北部的群山，处于黄山山脉与天目山山脉交汇处，乃长江与新安江流域的分水岭。明清之际，山上建有关隘，设有关寨、瞭楼、旱关城、水关城。此关因处于万山环抱之中，故名为"丛山关"。丛山关扼守古徽州北上宣城、江宁之通道，有"一夫守关，千人气缩"之势，号称"宣徽之脊""绩溪之脊"，历来为用兵之险地。明末清初，为抗击清军入侵，徽州人金声与江天一据守丛山关达3个月之久，展开了一场颇为壮烈的"徽州保卫战"。

金声，字正希，号赤壁，徽州休宁瓯山人，出身于徽商世家，11岁时随父至湖北嘉鱼；崇祯元年（1628）高

丛山关

绩溪境内群山绵延

中进士，授翰林院庶吉士，官至御史、监军。崇祯三年（1630）十月，清军初犯京师，金声因上书破格用人未被采纳，托病请辞。返乡后的金声，一方面致力于徽州子弟教育，讲学于还古书院；另一方面，广泛招募乡勇，在城西凤山一带习射、演射，以备来日所需。

江天一，字文石，号寒江子，出身于书香门第，才华奇绝，但屡试不中，36岁方补本邑生员，以塾师从教于淮安。后江天一家道中落，墙废屋漏，但他在破伞遮蔽之下，仍诵读自若。江天一所交之人皆为当世忠烈之士，并以明节自励，常与人曰："士不立品，必无文章。"他拜返乡的金声为师，成为其门生。因博学而能文，深沉而多智，江天一深受金声赏识而屡屡被委以重任。

顺治二年五月，多铎率师灭南明弘光政权，但不久因"剃发令"激起江南人民强烈反抗。后洪承畴取代多铎，被委以招抚南方总督军务大学士。是年八月，清兵分三路进犯徽州，形成围攻之势。金声与江天一悬挂高皇帝像于明伦堂中，率徽州子弟大临三日后，以"杀虏者昌，降虏者亡"为口号，起兵抗清，宣城、广德、宁国等地明军纷纷响应。

241

为牵制三路清军，金声派义军分守在徽州四维群山之六岭，互为犄角、遥相呼应。其中，江天一率军据守在丛山关一带，以阻止北来的清军主力。丛山关上，江天一与清军对垒数月，始终未让来犯之敌前进半步。清军只得绕道龙丛源、新岭关一带，攻入绩溪县城。九月下旬，大明降清御史、徽州歙县人黄澍率清兵着明军之服，诡称援军而引诱金声"开门迎之"，徽城镇遂失守，金声被俘。江天一自知事已至此，不可逆转，于是，回家安顿好老母后，出门大呼："我，江天一也！"故也为清军所捕。

秋日的芜湖，荻花飞舞，金声与江天一先后被押解而至。金声劝曰："文石，汝有老母在，不可死。"天一笑而答曰："焉有与人共事而逃其难者乎？"两人至南京，洪承畴前来劝降，遭到金声的羞辱，以致恼羞成怒道："此老火性未除。"江天一又昂首答曰："我为若计，若不如杀我。我不死，必复起兵！"

1645 年 10 月 8 日，南京通济门外，岳飞大败金兵处，松柏森森，天高无云。金声面对白刃，遥拜紫金山南麓的明孝陵，随后捻须仰面，慷慨赴义；江天一南向八闽而叩，大呼"高皇帝"三声，壮烈殉国。一同赴难者，还有金声之弟金经、总兵范云龙。此时秋草染霜、天地动容，观者泣如雨下。

江天一生前酷爱故乡的黄山，常常于月明之夜清坐于始信峰巅，抚琴吟唱，久久不归。1957 年，当代书家李一泯重书"寒江子独坐"石碑，镶嵌于峰顶石壁之上，并附碑记曰："吾人于流连风景之余，幸识民族斗争中壮烈有如江天一烈士者。"

呜呼，明末清初，国家存亡之际，徽州文人士子，虽无霸王之力、回天之术，仍投笔从戎，一改温雅之风，以慷慨之志、悲壮之举，共赴国难，何其壮哉！

千年程氏遗泽长

　　徽州大族，大多自中原而来。《新安名族志》中，无论是"新安十五姓"，还是"徽州八大姓"，皆将程、汪两姓列为首。故而，民国《歙县志》记述："邑中各姓，以程、汪最古，族亦最繁，忠壮、越国之遗泽长矣。"

　　280年，西晋设新安郡，从此新安文化开启了其长达1700多年的历史。永嘉之乱，衣冠南渡，中原门阀世家纷纷渡江而南下。317年，琅琊王司马睿在建康（今南京）重建晋廷，史称东晋。司马睿就是晋元帝。大兴三年（320），出生于洛阳上程聚的程元谭，自东阿南渡新安郡任太守，成为晋代新安第一任太守。此时，天下大乱。程元谭整顿吏治、教化子民，兴修水利而安抚流民，使得新安郡得以休养生息，呈现出一片繁荣、安宁的气象。永昌元年（322），在程元谭任满即将离开新安之际，百姓塞道相留。晋元帝获悉后，甚为欣慰，下诏让其留任并赐其子孙宅第于篁墩。程元谭驾鹤仙去后被封为新安郡王，成为新安程氏的一世祖。如今，程元谭的墓依然静卧于安徽省黄山市歙县郑村镇向皋村冷水铺，成为徽州四大古墓之一。程氏统宗祠则完好保存于篁墩的一片竹荫之下，肃穆庄严。

　　新安程氏传十四代而至南梁时，休宁县程灵洗横空而出。程灵洗少时便以勇猛有力而闻名乡梓，于天下动乱之际，曾招募乡勇而保新安。他先入王僧辩军中，后追随南陈开国皇帝陈霸先，因在平定侯景之乱等战争中屡立战功而被封为安西将军、重安县公，死后谥号"忠壮"，配享陈高祖庙。晚年的程灵洗创编太极拳十五式，被武术界尊称为"太极之魂"。

北支程氏，大多因为官而离开新安。至北宋年间，出生于湖北黄陂的程颐、程颢兄弟回归程氏开宗之地河南洛阳，于伊水之畔设伊川

篁墩村入口

书院，创立洛学，成为宋代理学的实际开创者。几百年之后，大明期间，出生于河间的程敏政因晚年回归故土篁墩定居，被世人称为"程篁墩"。程敏政官至礼部右侍郎，善谈论、性疏淡，因文章而名垂于新安史，著有《宋遗民录》《宋纪受终考》《新安文献志》等，以至于纪晓岚在《四库全书总目提要》中评述："敏政独以博学雄才，高视阔步。其考证精当者，亦多有可取，为一时之冠冕。"明万历二十年（1592），数学巨著《算法统宗》刊印，59岁的休宁率口商人程大位自此被奉为"中国珠算之父"。因在1578年左右发明了世界上最早的卷尺"丈量步车"，程大位也被誉为"卷尺之父"。

苏州盛泽镇，位于江苏最南端，乃古代江南著名的丝绸集散地。明清之际，这里徽州商人云集。发迹后稽留于此地的程氏后裔中，走出了

中国科学院院士、著名理论物理学家、"两弹一星"功勋奖章获得者、国家最高科学技术奖获得者程开甲。2016 年 3 月 30 日，春光烂漫，98 岁的开甲老人在白纸上写下了"我是徽州人"五个古朴黑字，并郑重地签上了自己的名字。自此，篁墩村的村史上又增添了浓墨重彩的一笔。

新安程氏，东晋自中原迁入，至今已逾 1700 年、80 代，宗祠威严耸立，脉络清晰明了。程氏从篁墩发脉，之后开枝散叶，分为南、北两支，或留于邑内，或走向邑外。但是，无论处于何地，程氏皆以老根催新竹的力量改革创新，故而代不乏人，人才辈出。

后　记

　　2024年2月24日，周六，窗外飘着小雪，我写完了第199篇《（徽商）十大精神耀后世》，"七日一徽说"系列就此戛然而止。此时，离2020年4月14日，已经过去了3年10个月又10天，1400多日。文字发给新徽商大讲堂的一刹那，回顾来时之路，虽然充满艰辛与曲折，但充实而快乐。想想今后写作的主题在哪里，瞻望前行之路，我又一片茫然，犹如书房窗外在冬雪中婆娑的香樟树。3年多来养成的习惯即将抛却，心中顿感万般不舍，有一种情人热恋，却必须分手的感觉。

　　我在发愿写徽文化主题散文之初，定下的目标是200篇，之所以在199篇收手，一是因为江郎才尽；二是因为国人历来追求"不满"，留下一篇空缺，看似有遗憾，实则是留白。

　　2023年5月20日，"七日一徽说"系列第一本书《不敢写徽州》（集结前64篇出版）的新书发布会在合柴1972的安徽省源泉徽文化民俗博物馆举办。馆长宣繁秋先生是我的老乡兼多年的老友，对徽文化也极为痴迷。为了营造一个适宜的场景，宣馆长特意在这前一天将馆里的主要展品调整为徽州三雕。本来预计参加发布会的人数不会超过300人，但当日现场居然有500人之多。有的朋友因事不能亲临，还特意委托了亲友过来。令我甚为感动的是，一位徽州籍的老友，带着自己90多岁的老父亲一起参加；一位学生，自遥远的江西吉安乘高铁而来；一位素未谋面的读者，给我带来了一束盛放的鲜花。其后，在古徽州所属的西溪南，我的大学校友们群策群力，又为我举办了《不敢写徽州》的黄山新书发布会。

仅仅两个月，《不敢写徽州》的第一版便脱销，我实现了自己收回出书成本的诺言。这并非源于我个人的能力，而是传统文化热、"国潮热"所赋予的能量。回想当初，做这一切的初衷，只是想把关于徽州的一切美好与他人分享。

如果说，第一本定名为《不敢写徽州》，是源于自己对徽文化的敬畏与热爱（面对博大精深的徽文化，我最初确实不敢写，哪怕一个字，都有冒犯的感觉），那么，第二本取名为《拙笔点徽州》，则是因为自己心结的打开，敢于用文字去小心翼翼地表达自己的感受。虽然每一篇文章最终成文只有短短 1500 字左右，但我每周的阅读量均不低于 5 万字——这些文章似乎是我从徽州的文献中、自然里，用心一丝一丝地剪裁出来的。

最后，谨以此文感谢 3 年多来一直关注与支持我的读者，感谢为我提供资料的学者，感谢每周为文章提供传播平台的安徽财经大学"新徽商大讲堂"App 及其他诸多媒体界的朋友，感谢为本书出版提供资助的中共安徽省委党校（安徽行政学院）。

陈发祥

2024 年 2 月